わたしたちはその赤ん坊を応援することにした

朝倉かすみ

幻冬舎

わたしたちはその赤ん坊を
応援することにした

Contents

装丁　泉沢光雄
装画　福田さかえ

森のような、大きな生き物

わたしたちはその女の子を応援することにした。

その女の子を初めて見たとき、わたしたちのきもちがひとつになった。

彼女の夢が叶《かな》うように、どんなにつらいことがあってもくじけず、自分をたかめていけるように、祈ったり、励ましたり、元気づけたくなった。

彼女は十五歳でわたしたちの前にあらわれた。

ある武道の国際大会で最年少優勝したのだ。そのニュースがテレビや新聞で報道された。前髪をカラーゴムでちょこんとゆわえた彼女は、武道家というにはあまりに小柄で、わらべ人形のように愛らしかった。ときに目を糸にして笑い、明るく、はきはきとインタビューに答えるすがたに、わたしたちは惹《ひ》きつけられた。

いったいに武道家というものは、むくつけき大男で愛想がなく口が重い、というわたしたちの先入観が心地よく裏切られた。彼女は、わたしたちの自慢の孫のようだった。

折から彼女と同じ武道の少女選手を主人公にした漫画が人気だった。なんと髪型もそっくりと、さっそく件《くだん》の少女選手の名が彼女の愛称になった。

わたしたちのなかで、その漫画を読んでいる者はそう多くなかった。テレビや新聞、雑誌で説明され、初めて知った者が大半だった。でも、呼びやすくて、親しみやすくて、可愛らしい感じのその愛称は、彼女にぴったりだとすぐに分かった。

その漫画をよく知っている者は、彼女と件の少女選手はそれほど似ていないのではないかと異議を唱えたが、わたしたちはそんな意見に耳をかたむけなかった。せっかくよい愛称が見つかったと喜んでいたのに、水をさすような発言は慎むべきだ。

その愛称を口にすれば、彼女を指すようになるまで時間はさしてかからなかった。時間が経《た》つにつれ、もとは漫画の少女主人公の名前だったことは知るひとぞ知る豆知識のようなものになった。

わたしたちは彼女が最年少で優勝した国際大会の決勝戦のさわりをニュースやワイドショーで何度も目にした。と同時に、武道家としての彼女のエピソードをいくつも知った。

小学校二年生のときに兄の影響でその武道を始めたこと。すぐに奉納試合で五人抜きを演じたこと。そのさい、投げとばした男の子にけがを負わせたこと。まだ幼かった彼女が背の高い男の子相手にきびきびとした動きで挑むホームビデオも繰り返し観た。

その後、彼女が高校に入学したことも、世界選手権で三位になったことも、最年少で優勝した国際大会で連覇を果たしたことも、わたしたちは新聞紙面やテレビモニタを通じて知った。

わたしたちの多くが目にしたのは、依然としてニュース映像で流れる彼女のすがたや試合のさわりだけだった。

それでも、わたしたちは、彼女の実力がまがいものではないと確信した。しかもまだまだ発展途上だ。きのうよりもきょう、きょうよりもあしたというふうに、きっと、彼女は日々、強くなっていく。そんな期待がたかまった。

彼女がオリンピックの代表に選ばれたときは、少し驚いた。

もちろん、わたしたちは彼女が選ばれるものと思っていたが、わたしたちのなかでその武道の世界に精通している者はほとんどなく、はっきりいえば、彼女以外の選手は知らなかったので、わたしたちが彼女を「すごい」と思うように、その武道の世界の住人も「すごい」と考えているのかどうかよく分からなかったからだ。

彼女を知って二年弱だったが、ついにここまできた、とも思った。わたしたちの応援のたまもののような気もした。わたしたちの信じるきもちや期待や祈りが援護射撃になったのだ。

テレビでは、ふたたび武道家としての彼女のエピソードがホームビデオをまじえて紹介された。わたしたちは、もう、すっかり覚えてしまっていた。でも見聞きするたび、改めてうれしくなっていた。

梅檀《せんだん》は双葉《ふたば》より芳《かんば》し。彼女の天才は何度確認してもあきることはなかった。そうして、幼いころから練習に明け暮れたであろう彼女の毎日に、わたしたちはできる範囲で思いを馳《は》せ、努力とか鍛錬という言葉をしみじみと噛《か》みしめた。

オリンピックで戦うことになる各国の有力選手の情報もテレビや新聞から得た。専門家が、いずれも手強《てごわ》い相手だが勝機はある、と断言し、わりにくわしく解説したが、わたしたちは、その武道に明るくなかったので、すっかり理解したというところまではいかなかった。それでも彼女のライバルとなる選手の名前や、彼女のいくつかの得意技の名称は覚えた。

わたしたちが彼女の試合を最初から最後まで観戦したのは、オリンピックが最初だった。女子最軽量級で出場した彼女は、小柄な選手のなかでもひときわちいさかった。歳《とし》よりも幼く見えた。だが、どの選手よりも俊敏だったし、フレッシュな気迫にあふれていた。いっときたりとも休むことなく、あの手この手で攻めつづけた。

わたしたちの多くは、彼女の得意技の名称は知っていたけれど、実際にそれが繰り出されても、あんまり速くてよく分からなかったし、その武道のルールじたい不案内だったが、彼女がただ強いだけでなく、試合巧者でもあることは、ぼんやりと感じ取った。

彼女は滅多に反則を取られなかった。対戦相手ばかりではなく、審判の視線もつねに意識し、勝つことに貪欲《どんよく》であるように見えた。前髪をカラーゴムでちょこんとゆわえた、わらべ人形みたいな顔立ちの彼女の、なかなかしたたかな武道家としての一面を見た気がした。頼もしかった。

彼女は順調に勝ち進み、決勝戦を迎えた。わたしたちは、お茶の間で固唾《かたず》をのんだ。これに勝てば世界一だ。彼女は、ほんとうに金メダルを獲《と》るかもしれない。

一丸となって応援していたわたしたちだったが、白状すると、だめかもしれない、といううきもちが、ぽっちり、あった。

そもそもわたしたちの「期待」には、いくぶんかのえこひいきと願望が入っている。それくらいはわたしたちだって承知していた。

だからこその応援で、わたしたちは選手が持てる力を発揮できるようにと――願わくは力以上のものが出せるようにと――がんばれがんばれと声を嗄《か》らし、手のひらが痛くなるほど拍手する。時と場合に応じ、両手を組み合わせ、目をつむり、祈りもする。

そんなわたしたちの応援に応《こた》えられなかった選手はいままで何人もいた。

だからといってわたしたちは、基本的には、かれらを責めたりはしない。それは、いくらなんでもお門違《かどちが》いだ。全力で闘ったかれらを、讃《たた》えこそすれ、貶《おとし》めるのは筋がちがう。

わたしたちは、ただ、ちょっと、がっかりするだけで、実をいうと、この「がっかり」には「やっぱりね」という風味がついている。

わたしたちの頭のかたすみには、「ニッポン人は大舞台に弱い」という刷り込みがあった。「プレッシャーに弱い」というのもある。

大舞台に立つときに感じるえもいわれぬプレッシャーをはねのける原動力になるのがわたしたちの応援だとしたら、わたしたちの期待をこめた誠心誠意の応援が逆に選手に重圧をかけることもあるようだ。

選手には、なるべくわたしたちの応援を力に変えてもらいたいものだが、たとえそれができたとしても、「オリンピックには魔物が棲《す》んでいる」というから、難儀である。つまり「なにが起こるか分からない」のだ。だから、たぶん、わたしたちはそんなにたくさんがっかりしないように、あるいは、勝ったときの喜びが最大限にふくらむように、あらかじめ、ほんの少しだけ諦《あきら》めているのかもしれない。

彼女の初めてのオリンピックの結果は銀メダルだった。

決勝戦で敗れ、彼女は泣いていたようだったが、それがまた、わたしたちの胸を打った。みんなの期待を背負ってオリンピックに初出場した十七歳があと一歩で表彰台のてっぺんに立てるところまでいったのだから、たいしたものだ。

彼女の流した悔し涙は、わたしたちに期待感をつのらせた。彼女自身が、自分はここで終わるような武道家ではないと実感し、雪辱に燃えるのが手に取るように分かった。わたしたちもそう思った。四年後、彼女はかならず金メダルを手にするだろう。

そりゃあ少しはがっかりしたけれど、でも、そんなでもなかった。おそらく、物語は始まったばかりと予感していたせいだと思う。山あり谷ありのストーリーを、わたしたちは彼女とともに紡いでいくのだ。

彼女の銀メダルが確定し、ひと仕事済んだようなこころもちになっていたわたしたちのもとに、大きなニュースが届いた。十四歳の少女が水泳で金メダルを獲得したのだ。

寝て起きたばかりというような、あどけない顔つきの少女が泣きながら喜びを語るインタビューを見て、わたしたちは一気に胸をつかまれた。

その少女については、まったくのノーマークだった。金メダルを獲って初めて名前を知ったくらいだった。その少女の放った名言は瞬く間に一世を風靡《ふうび》し、わたしたちは、にわかに、その少女に夢中になった。

さらに日程が進むと、陸上長距離でもヒロインが誕生した。ショートカットの理知的な美人が銀メダルを獲得したのだ。こちらの選手は代表選考のさいにちょっとした悶着《もんちゃく》があったので、わたしたちの記憶にあった。

新たに誕生したふたりのヒロインのエピソードが、テレビや新聞、雑誌で幾度も幾度も紹介された。わたしたちは日々、ニューヒロインの情報をたくわえていったが、前髪をちょこんとカラーゴムでゆわえた彼女を忘れることはなかった。彼女は別格だった。

金メダル少女も天才だろうし、死闘を演じた銀メダル美人の走りにも胸が熱くなったが、わたしたちは、大会前から見守り、応援しつづけたカラーゴムの彼女に肩入れせずにいられない。

もしも、金メダル少女や銀メダル美人が大会前から——しかも二年も前から——大注目され、応援されつづけていたら、はたして活躍できただろうか。どんな質問にもいやがらずに、ときにさわやかな笑顔を浮かべ、しっかりとした受け答えをつづけられただろうか。自慢の孫のような存在の選手は彼女だけだ。彼女は、なにかの鑑《かがみ》のように思われた。彼女は、たぶん、応援されるほうの鑑なのだ。

四年後のオリンピックまで、彼女はさまざまな大会で勝ちつづけた。

わたしたちが目にしたのは大きな大会で優勝した結果だけだったが、彼女を応援するきもちには一点の曇りもなかった。

たしかにオリンピックとはちがい、最初から最後まで観戦することはなかったし、彼女の動向を熱心に追っていたわけではなかったが、こころの内側のめだたないところで、たまに思い出してはそっとエールを送っていた。

そんななか、わたしたちの前にアイドルが登場した。前回のオリンピックから間もなくのころだった。

ふっくらとしたほっぺたの、瞳の大きな四歳の女児である。

セルロイド製のちいさなボールを打ち合う球技の天才少女という触れ込みだった。女児は、ようやっと台に届くかどうかという背丈で大人たちをつぎつぎと打ち負かした。勝てないときは、べそをかいた。思いどおりに打ち返せないときも、ぐっしょりとべそをかく。

そのようすが可愛くていじらしくて、わたしたちの視線は、その女児に集中した。テレビのバラエティ番組でおこなわれるおあそびめいた試合を観ながら、女児の名を呼び、にこにこ顔で応援した。

当時、わたしたちはその愛くるしい女児が、この先ずっと競技をつづけるとは思っていなかった。国内の大会では優勝したようだったが、テレビドラマの子役のように、遠からず消えていくのだろうと、うっすら予感していた。

だから、女児への応援は、運動会で駆けっこの速い親戚の子にたいするようなもので、いつかオリンピックに出られたらいいねえ、と半分冗談、半分本気の軽口を叩《たた》くような感じだった。大学生になっても前髪をちょこんとカラーゴムでゆわえて闘う彼女とはちがう。わたしたちの自慢の孫は彼女だけだ。

二十一歳で二度目のオリンピックに出場した彼女へのわたしたちの期待の高さといった

らなかった。

彼女になら全力で応援しても大丈夫という雰囲気ができあがっていた。彼女は応援されるほうの鑑だし、そしてなにより抜群に強かった。負け知らずでオリンピックに乗り込んだのだ。えこひいきや願望など、いっさい抜きで、わたしたちは彼女の勝利を信じた。

前回の大会で活躍した金メダル少女や銀メダル美人も出場していた。もちろん、わたしたちはせいいっぱい応援したが、彼女とは付き合いの長さがちがう。

ゆるぎなさもちがうような気がする。それは、その競技内での実力のゆるぎなさだけでなく、彼女自身が発する、底知れぬ安定感に依《よ》るところが大きかった。

選手に負担を感じさせないよう、「悔いのないように」とか「力を出し切って」とか「自分を信じて」などと言葉を選びつつ応援するのではなく、彼女になら、ひたすら「がんばれ」といえるし、「今度こそ金メダル」といえる。

なんだかんだいっても、わたしたちが望むのは金メダルにほかならない。銀も銅もとといが、やっぱり金だ。「世界一」の絶対感といったら圧倒的で、問答無用の感がある。ほかのどんなことより分かりやすい。わたしたちは思うさま喜びを爆発させられるし、その喜びをみんなでひとしく分かち合うことができる。幸せである。

だから、つい、選手には、ここ一番のがんばりを期待してしまう。練習に明け暮れ、一日の時間のほとんどを競技に捧《ささ》げ、がんばれるだけがんばってきたであろう選手に、さらにがんばれと声をかけるのは酷かもしれないが、一流の選手ならできるはずだ。大一番に勝ってこそ、不断の努力が実を結ぶのではないか。

とまれ、わたしたちがなにをいったところで、しょせん素人《しろうと》の言い分である。選手はいちいち取り合わず、聞き流せばいい。そうでないと競技に集中できない。

ところがわたしたちの声は、案外選手に届くようだ。ゆえにわたしたちはなるべく選手の邪魔をしない応援をこころがける。べつに無理をしているわけではない。とにもかくにも金メダルとがむしゃらにいいつづけるのは、がりがり亡者みたいでいささか品がないと、わたしたちにも思う部分がある。

わたしたちは「世界一」も感動するが、持てる力を限界まで振り絞り、闘うすがたにも、結果にかかわらず感動する。胸をふるわせ、涙を流し、「感動をありがとう」といい、その選手に、こころの金メダルを進呈し、本物の金メダルと同じくらいの重みがあると、そのときは、真実そう思う（でも、やっぱりリアルの金メダルのほうがいいけど）。

わらべ人形の彼女には、そんなわたしたちの剝《む》き出しの言葉を受け止められる器の大きさ、ある種のタフさがあった。その点がほかの選手と大いにことなるところだ。さすがはわたしたちの自慢の孫である。

だが、結果、彼女はまたしても銀メダルだった。

決勝戦で無名の選手に敗れたときの、彼女の呆然《ぼうぜん》とした表情は忘れられない。わたしたちは初めて素顔の彼女を見た気がした。痛ましい瞬間だった。頭のなかがからになるほど驚いたあと、わたしたちも声を失い、消沈した。

とはいえ、不思議なことに、それほどがっかりはしなかった。ただちょっと焦《じ》らされているだけ、のような気がした。

彼女の敗因は、彼女にも、わたしたちにもないと思えた。少なくとも、わたしたちの期待が肝心な場面で彼女を竦《すく》ませてしまったのではないはずだ。

わたしたちの目からでも、彼女が四年前より強くなったのはあきらかだった。強さという点では飛び抜けていた。無名の選手に負けたのは、魔が差したとしかいいようがない。あるいは、物語をドラマチックに展開するための布石というか。

彼女には「この次」がある。かならず、ある。

「この次」がかさなるたびに、わたしたちの彼女への応援もますます熱がこもり、期待もふくらむ。だが、彼女はきっと、いっそ平然とわたしたちのきもちを受け止め、さらに強くなるだろう。

わたしたちは、彼女が夢を叶えるその日まで、彼女の夢が叶うように、どんなにつらいことがあってもくじけず、自分をたかめていけるようにと、強弱の波はあるかもしれないが、祈ったり、励ましたり、元気づけていこう。

そうして、彼女が夢を叶える瞬間をみんなで共有するのだ。二度のオリンピックで感じた悔しさや、国際大会で最年少優勝したときのこと、その武道を始めてすぐに五人抜きをしたこと、男の子を投げとばしてけがを負わせたことなんかも、アルバムをめくるように、懐かしく思い出すのだ。みんなで。

それからの四年間で、彼女はその武道における巨星への道を着実に歩んだようだ。世界選手権四連覇。最年少で優勝した、あの国際大会では十連覇。国内体重別でも十連覇。まさに向かうところ敵なし。

ただし、これらの偉業をわたしたちがあらためて知ったのは、彼女が三度目のオリンピック出場を決めたときだった。

それまでもニュースで折々目にし、その都度、「がんばってるな」「すごいな」と感嘆していたし、こころのなかで静かに応援はしていた。それ以前から彼女はコマーシャルに出るようになっていたので、テレビで見かけるたびに、「ああ、また出てるな」と思いつつも、「今度こそ」というようなエールを心中で送ったり送り忘れたりしていた。

わたしたちの胸をもっとも占めていた言葉は、「オリンピック、まだかな」だった。彼女とオリンピックは、わたしたちのなかでいつしかワンセットになっていた。

彼女がおこなうその武道にかぎらず、ファンが多く、観戦する機会の多い競技以外は、オリンピックでもないとわたしたちの目にふれない。たとえ放映されても、なかなか腰を据えて観るところまではいかない。応援のスイッチが入りづらいのだ。

わたしたちには、オリンピックが本番だという感覚がある。いっちゃなんだが、それ以外の大会はリハーサルのようなもの。老いも若きもひとつになって、応援に精を出すのは四年に一度のオリンピックだ。ニッポン全国津々浦々で喜びや悲嘆の声が同時に上がり、一体感に酔いしれる。

彼女が国内有数の企業に就職し、入社式にスーツを着込んで出席した映像を見たときは、いろいろな意味で感慨深かった。

「大きくなったなあ、もう社会人か」とありきたりの感想をもらすとともに、彼女が就職を決めた企業は、いったいどのような条件や報酬を彼女に提示したのか、と下世話な興味も湧《わ》いた。「この会社のCMにも出るんだろうなあ」という言葉も口をついて出そうになった。ニッポンを代表する企業の顔になるってわけですか、と苦笑いを浮かべたくなった（なんかもう、盤石ですね）。

彼女は相変わらずわらべ人形のような愛らしさをたたえていた。おまけに足もとはパンプスではなくスニーカー。

脇目もふらず、その武道ひとすじに生きている女の子というふうなのだが、彼女には、求道者独特の度を超えた厳格さというかいかめしさが感じられず、ばかりか、むしろほのぼのとしたムードが漂っていた。

それはたぶん、競技用の道着を着ていないせいだ。わたしたちは、彼女には道着がいちばん似合うと思っている。前髪をちょこんとカラーゴムでゆわえた、道着すがたの彼女が、いちばん、しっくりくる。

ほかの恰好《かっこう》の彼女は、どうしても着慣れないものを着ているように見えてしまい、そのそぐわなさ——あくまでもわたしたちが一方的に感じるものだが——を、ちいさなからだや顔立ちと併せて好意的に表現したら、「ほのぼの」になるのだった。

三度目のオリンピックが始まる直前、二十五歳の彼女はキャッチフレーズめいた抱負を語った。どっちに転んでも金メダルという内容で、金以外は頭にないようすだった。

そうこなくっちゃ。わたしたちは沸き返った。彼女が前回のオリンピックでの敗戦にショックを受け、そのあと十カ月も試合のビデオを観られなかったとの情報を踏まえると、万感胸に迫る思いだった。よくぞ立ち直ったものである。自分を追い詰めるような金メダル獲りの宣言を、いつもと同じ表情で、よくぞきっぱりといいきった。

早くも天晴《あつぱ》れ、という気分になったと同時に、そんな大きなことをいって大丈夫か、と若干、案じた。

武道家としては名実ともにナンバーワンの彼女だったが、わたしたちには一抹の不安があった。というのも、彼女と、さるプロスポーツ選手との交際がささやかれていたからだ。わたしたちは、正直、とまどった。彼女と恋愛をうまく結びつけられなかったのだ。

わたしたちの持つ彼女のイメージは、わらべ人形のままだった。競技以外のことにはてんで疎い、おぼこい娘さんだと思い込んでいた。いや、そういう意味では、娘という感覚も実のところ薄かった。便宜上娘といっているが、彼女には、性別を持たない未分化の状態に近い童女という印象を、わたしたちは持ちつづけていた。

だが、彼女はもはや大人の女性である。恋人がいても不思議でもなんでもないし、恋愛すなわち浮ついた・ふしだらな・けしからぬ行為では決してない。

自慢の孫だっていずれ大人になって、恋をする。いつまでも、わたしたちの思いどおりでいるはずがない。どんなに大きくなっても、どんなに立派になっても、彼女は童女のままでいるような気がしていたわたしたちのほうが間違っていたのだ。

とはいえ、恋愛が勝負にどう影響するかは未知数である。わたしたちはそこのところを少しばかり案じたのだった。が。

杞憂《きゆう》だった。彼女は見事金メダルを獲得した。

初戦こそやや手こずったものの、その後は安心して観ていられた。ことに決勝戦はわずか三十八秒で片を付けた。圧勝だった。

技を決めた瞬間、ガッツポーズをした彼女は、倒した相手からすぐに離れ、ぴょんぴょんと二度跳ねて、顔を覆った。やったわ！　という彼女の表情は、わたしたちが待ち望んでいたものだった。

わたしたちは、彼女がからだ全体で喜びをあふれさせる、その一瞬に立ち会いたかった。彼女の、その、うれし涙が見たかった。彼女にうれし涙を流させてあげたかった。彼女を世界一にさせてあげたかった。小学校二年生でその武道を始め、すぐに五人抜きを演じたときから、ずっとそう思っていた。いや、信じていた。

わたしたちはお茶の間で歓声を上げたり、拍手したり、泣いたり、笑ったり、忙しかった。せいせいとした、まったき喜びがからだを浸し、胸が焦げたように熱かった。おめでとう。ありがとう。ふたつの言葉がわたしたちのこころを揺らし、そして、わたしたちのこころを照らした。おめでとう。ありがとう。わたしたちは、彼女にこころをこめて祝福の言葉を贈り、こころをこめて感謝した。

彼女が世界一を決めたのは、開会式の明くる日で、彼女につづけと選手たちは勢いづいた。つられてわたしたちも勢いづき、いきいきと目をかがやかせて観戦していたが、胸のうちでは、彼女が悲願の金メダルを獲るほどの大きな山は、今大会ではもうないと思っていた。

彼女が出場したその競技では、ほかにも金メダルを手にしたり、誤審により金メダルを逃した選手がいた。どの選手もわたしたちは一生懸命応援した。手に汗を握ったり、「やったあ」と声を上げたり、目頭を熱くしたり、ときには憤ったりした。

分けても歯並びのよい好青年だ。彼は二大会連続金メダルという偉業を達成した。記録だけでいえば彼女よりもすぐれているのだが、わたしたちは、彼女の銀、銀、そして金、という道のりのほうにドラマを感じた。歯並びのよい好青年が偉業を達成した日と、彼女が金メダルを獲得したのが同じ日だったというのも、彼にとってハンデといえばハンデだった。だって、わたしたちの目は彼女にあつまっていたのだから。

やはり、彼女と足かけ八年かけて越えた山が最大だったと確信しかけたころ、陸上長距離に山がきた。

陽気でちょっぴりお茶目な女性がニッポンの女子陸上競技に初の金メダルをもたらしたのだ。しかもオリンピック新記録だった。

もとよりわたしたちは、ふだんから二時間くらいかけて完走する長距離走を好んで観ているし、事前の情報により、陽気な彼女に注目してはいた。なぜなら、陽気な彼女は、暑いなかでの走りに強いというし、ベストタイムは世界新記録にあと一分というところまで迫っていたのだ。

有力な金メダル候補として認知はしていたが、もっとも期待する選手ではなかった。期待という点ではわらべ人形の彼女が、なんといってもいちばんだった。

ほかにいい選手はいるかもしれないが、わらべ人形の彼女の金メダルが先決だという気分があった。ひらたくいうと、まずあれをなんとかしないと、という感じである。わらべ人形の彼女の金メダル獲得は、二度も先送りしたわたしたちの「案件」でもあったのだ。

わらべ人形の彼女が決勝戦で勝ったとき、わたしたちが喜んだのは先述どおり、真実だ。だが、胸の奥底で、やれやれ、と肩の凝りをほぐすような感じがあったのもまた事実。

有り体《あ てい》にいえば、わたしたちは少し前から、もう、わらべ人形の彼女には飽きていた。その証拠に、わたしたちは四年前や、八年前のオリンピックのときのように一枚岩ではなかった。

わたしたちのなかには、わらべ人形の彼女と同じ競技でオリンピック二連覇をはたした歯並びのよい好青年をもっと評価し、応援すべきだという者がいたし、今回の大会では水泳女子の団体戦にもっとも感動したという者もいた。感動といえば、女子がおこなう、野球によく似た球技の試合が忘れがたいと譲らない者もいた。

わたしたちは金メダルも大好きだが、感動も大好きだ。大きな感動に胸を揺さぶられたら、メダルの色などどうでもよくなることがある。親身の応援をしたくなる（でも、やっぱり金メダルは特別だけど）。

陸上長距離で金メダルを獲った陽気な彼女は、レース後、けろりとした表情で、けろりとした感想を語った。酒好きだというコーチとふたりして各局のテレビ番組に出演し、のびのびと愉《たの》しそうにレースを振り返った。陽気な彼女には、金字塔を打ち立てたという感覚があまりないように見えた。うれしそうはうれしそうだったが、もっと、ちがう、「その先」を見つめているようだった。

陽気な彼女は、わたしたちの目にたいそう新鮮に映った。わらべ人形の彼女とはちがうタイプの大物だと思った。陽気な彼女のほうが風通しがいいような気がする。わらべ人形の彼女とはことなる広がりを、陽気な彼女に感じた。

わたしたちは、実をいえば、わらべ人形の彼女に、ゆっくりと失望していっていた。

わらべ人形の彼女の持つ安定感は、ゆるぎなさすぎる。わらべ人形の彼女はなんだかいつでも同じ調子なのだ。若いのだから、もう少し、波や隙《すき》があってもいいのに。

熱愛の噂に答えるときでも、ほとんどいつもと変わらない口調で——いくぶん照れてはいたけれど——よどみなく語っていた。もともとインタビューの受け答えはしっかりしていたが、年々、こなれてきた。

わたしたちの前に初めてあらわれたときは、そんな彼女のしっかりとした受け答えが、彼女の特徴である幼げな風貌《ふうぼう》や純朴そうな雰囲気を引き立たせた。天才でありながら、いわゆる天才肌ではなく、つまりエキセントリックな部分が見あたらず、またひけらかしもせず、いまどきの流行に乗っかって不良じみた恰好をすることもなく、礼儀正しく模範的な言動をしてきた彼女は、まるでちいさな昭和の名横綱で、まさに、理想の孫であり、自慢の孫だった。

もしかしたら、わらべ人形の彼女には、わたしたちの応援など必要ないのかもしれない。そんな思いがひたひたとたまっていった。

だから、どんなに剝き出しの言葉で応援されても、わらべ人形の彼女は、水をのむように、ごくしぜんに、受け止められたのではないだろうか。

わたしたちが応援してもしなくても、彼女は持ち前のゆるぎない安定感とそつのない受け答えで、金メダルはおろか、世の中の荒波をスムーズに渡っていけるのだろう、というあわい思いが、この八年でだんだんと濃くなった。

テレビでしばしば見かけるわらべ人形の彼女のファッションは、女性らしさをアピールするものに変化していき、そういうところも、わたしたちの失望を深めた。金メダルを逃したときは、そんなにがっかりしなかったのだから、奇妙といえば奇妙である。

わらべ人形の彼女が、ついに、やっと、金メダルを獲得し、わたしたちは肩の荷を下ろした気分になった。これでお役御免だというような。そこに陽気な彼女があらわれたのだ。

わたしたちは雪崩《なだれ》を打って陽気な彼女にかたむいた。

もとより視聴率では、陽気な彼女のレースがわらべ人形の彼女の試合を上回っていた。わたしたちが、こころの奥では、陽気な彼女にもっとも期待していた証《あかし》だ。

陽気な彼女を応援しようということで、わたしたちのきもちがひとつになった。

彼女の夢が叶うように、どんなにつらいことがあってもくじけず、自分をたかめていけるように、祈ったり、励ましたり、元気づけたくなった。

およそ一カ月後、陽気な彼女は国民栄誉賞を受賞した。

わらべ人形の彼女ではなく、オリンピック二連覇を成し遂げた歯並びのよい好青年でもなく、陽気な彼女が表彰された。

もちろん、ニッポンの陸上競技に初の金メダルをもたらした功績を讃えられたのだろうが、わたしたちは、わたしたちの応援も、陽気な彼女への授賞を後押ししたのではないかと思った。

陽気な彼女にたいするわたしたちの一心不乱な応援は、そんなに長くつづかなかった。わりあい早く、手のひらを返すかたちになってしまった。

陽気な彼女は、いささか悪めだちするタイプのようだった。

たしかに、わたしたちも少々はしゃぎすぎた。陽気な彼女を持ち上げるだけ持ち上げたという反省はある。そこを勘定に入れても、高級品を身にまとい、テレビや、ひとが大勢あつまるところに精力的に顔を出す陽気な彼女には、だいぶがっかりさせられた。

陽気な彼女には、陸上競技をＰＲするきもちがあったらしいのだが、わたしたちの目には、セレブリティ気取りと映った。ざっくばらんな言い方をするなら、調子に乗ってる、と。

思えば、わらべ人形の彼女に飽きてきたのも、彼女が調子に乗ってるように見えたからだった。いや、わらべ人形の彼女だけでなく、わたしたちには、スポーツ選手が本業以外の活動を頻繁におこなったり、本業以外でめだつようになると、調子に乗ってる、と断じる傾向がある。

だれのおかげで有名になったと思ってるんだ、とちょっとだけいいたいような気がしてくるのだった。我が世の春ですね、と嫌みのひとつもいいたくなる。かれらの本業においては、あんなにこころをこめて応援し、これでもかというくらい喜んだのに、かれらが「おとなしく」または「まじめに」本業に邁進《まいしん》していないようすを見せたら——あるいは、わたしたちがそう感じたら——、たちまち嫌気がさすのだ。

そこには、おそらく、ほんの少しだけだけれど、嫉妬《しっと》という感情がふくまれる。わたしたちは一芸に秀でたかれらに、その一芸よりほかはあたえたくないのかもしれない。一芸があれば充分のはずだ。その一芸のために、すべてを犠牲にして精進するのが本筋だと、一芸すら持たない者が大多数を占めるわたしたちは、そこはかとなくだが、そう考えているふしがある。

わたしたちは、かれらの夢が叶うようにと応援する。かれらの夢が叶うことが、わたしたちの夢である。わたしたちの夢を、かれらが叶えてくれるともいえる。

かれらの夢は、わたしたちがいなくても叶えられるが、わたしたちの夢は、かれらなくしては叶わない。選ばれし者たちであるかれらがいて、初めて、わたしたちの夢が叶えられるのだ。

わたしたちは、かれらを信じ、期待することしかできない。そのはがゆさ。そのあこがれ。かれらがわたしたちと同じ人間であることを、忘れてしまいそうになる。わたしたちはかれらをリモコンで操作できるおもちゃのように思ったり、神のように崇《あが》めたりする。おもちゃにせよ、神にせよ、わたしたちの思うようにならないと、あこがれは一瞬にして幻滅に変わり、裏切られたと感じる。

振り幅が大きいのは、きっと、数の問題だろう。

ひとまとまりになったわたしたちは、とてつもない力を持った、すごく大きな生き物みたいだ。だから、ちょっぴりわがままで、おいしい木の実だけを選《よ》って食べる権利があると、知らず知らずのうちに考えてしまうようだ。おいしい実がなる一本の木をすっかり食べつくしたら、新しい木を見つけようとする。

やや冷たい空気がつづくなか、陽気な彼女はオリンピックの明くる年に世界新記録を出した。

わたしたちは、選手としての陽気な彼女は高く評価していたから、応援したし、新記録の樹立を喜んだし、誇りに思ったし、祝福した。ただし、強烈なグルーブ感はなかった。これがたとえばライバルと競り合ったすえに出た記録だったら興奮は最高潮に達しただろうが、記録樹立だけを目的にし、ガードランナーやペースメーカーを複数つけてのレースだったので、わたしたちはそんなに固唾をのまなかったし、手に汗を握らなかった。

わらべ人形の彼女の連勝記録が途絶えたのは、オリンピックの二年後だった。前々回のオリンピックの決勝戦以来の敗北だったというから恐れ入った。対日本人選手では十二年ぶりの負けだという。わらべ人形の彼女を負かしたのは、国内の女子高生選手だったのだ。しかし、その女子高生選手はわたしたちの新たな応援対象にならなかった。わたしたちの関心は、わらべ人形の彼女が負けたほうに向かった。

すぐに立ち直るだろうと予想したとおり、わらべ人形の彼女は敗戦後勝利をかさね、翌年、噂のプロスポーツ選手と結婚した。

政財界に芸能界およびスポーツ界の大物が出席した披露宴はテレビで生中継された。わらべ人形の彼女は長いヴェールの豪華なウエディングドレスを着て、地球を模した巨大なケーキをカットした。金メダルも伴侶も手に入れたわらべ人形の彼女は幸福そうで、わたしたちも、よかったね、と文字を読むように思った。

わらべ人形の彼女は四度目のオリンピック出場を決めた。夫のプロスポーツ選手も二度目のオリンピック出場を決めていたので、夫婦そろっての出場となった。わらべ人形の彼女は、大会直前に、旧姓でも新姓でも金、とキャッチフレーズめいた抱負を語ったが、わたしたちは、もう、さほど沸き返らなかった。「きっと獲るんだろうなあ」と思う程度だった。まだ二十九歳だから、二個目の金メダルを獲得する可能性はたいへん高い。

陽気な彼女は故障などもあり、出場を逃してしまった。やはり、わたしたちが安心して応援できるのはわらべ人形の彼女しかいないのかと思っていたところ、むかし、わたしたちのアイドルだった、ふっくらとしたほっぺたの、瞳の大きな女児が、このたびのオリンピックに出場するらしいとのうれしい報が入った。

セルロイド製のちいさなボールを打ち合う球技の天才少女という触れ込みだった女児も、いまや十六歳。わたしたちの知らないうちに、選手として順調に育っていた。わたしたちはべそをかいていたすがたを反芻《はんすう》しながら、こころをこめて応援しようと思うのだが、瞳の大きな彼女は（まだ）世界的に見て有数の選手とはいいがたいようで、わたしたちの大好きな金メダルは獲ってくれそうにない。

結局、わらべ人形の彼女なのか、と思いかけたとき、わたしたちの脳裏をよぎったのは、わたしたちを「金メダルきちがい」とののしった女子水泳選手の言葉だった。

体格がよくて、気の強そうな彼女は、わらべ人形の彼女と同い年だ。オリンピックデビューも同じ。だが、気の強そうな彼女は最初のオリンピックでは入賞がやっとで、二度目は決勝にも出られなかった。

インタビューの態度もなってなく、だいたいふてくされていて、そこもわらべ人形の彼女とことなっていた。ことに二度目のオリンピック。「楽しみたい」を連呼した。チームメイトたちも影響され、皆で「オリンピックを楽しみたい」の大合唱になった。その結果がメダルゼロだ。水泳では、わたしたちの大好きなメダルが一個も獲れなかった。

わたしたちは気の強そうな彼女に腹を立てた。むろん彼女自身が本心ではメダルが欲しいと思っているのは感づいていた。そのために厳しい練習を毎日してきたことも想像に難くない。やいのやいのと結果をもとめられるのが、つらかったのだろう。

だが、それは口にすべきではない。応援してくれるひとに失礼である。わたしたちだって、ある程度は選手のメンタル面に気をつかっているのだ。というか、選ばれし者なら、堪《こら》えないと。その他大勢のいうことなど柳に風と聞き流し、おもしろくなくても我慢できるのが選ばれし者なのでは？　それが選ばれし者の義務というものなのでは？

前回のオリンピックでも、気の強そうな彼女は選考基準をめぐって物言いをつけた。スイスまでいって裁判をおこした。なるほど、オリンピック選考レースで優勝し、標準記録を上回ったのだから、落選はおかしいという言い分は分かる。だが、裁判まですることはない。なにもそんなおおごとにしなくても。裁判で勝って出場できたとしても、なにかとやりにくいだろうに。

裁定では、気の強い彼女の訴えは認められなかった。選考基準の曖昧《あいまい》さは認められたが、彼女のオリンピック出場は叶わなかった。

勇ましく行動し、思ったことを口にする気の強そうな彼女だったが、テレビモニタで見るかぎり、じょじょに、なにかが損なわれていくのが分かった。気の強そうな彼女は、とても傷ついたのだろう。わらべ人形の彼女とは大違いだ。わらべ人形の彼女は、いっこうに損なわれない。わたしたちがどんなに応援しても、ゆうゆうとしたものだ。内心では腹を立てたり、傷ついていたりするのかもしれないが、外には見せない。立派だ。でもちょっと立派すぎる。そんなに立派でなくても、とわたしたちは鼻白んでしまう。

とどのつまり、今回のオリンピックでも、わたしたちの期待の中心はわらべ人形の彼女なのか。彼女しかいないのか。そう思っていたら、ある男子水泳選手がまばゆい光を放ちながら、わたしたちの前に登場した。大学生だというその選手は、二種目で世界新記録を更新したらしい。前回のオリンピックでも入賞していたようだが、わたしたちはよく覚えていなかった。

彼は、いくぶんやんちゃ気味の、物怖《ものお》じしない、いかにもいまどきの若者で、有言実行。わたしたちは、ちいさな昭和の名横綱のようなタイプも好きだが、彼のようなタイプにも実は弱い。スケールの大きさを感じる。彼はわたしたちの自慢の弟のようだ。

彼を応援しようということで、わたしたちのきもちがひとつになった。

彼の夢が叶うように、どんなにつらいことがあってもくじけず、自分をたかめていけるように、祈ったり、励ましたり、元気づけたくなった。

もちろん、わたしたちのきもちが完全にひとつになるなどありえない。

同じ土に種をまき、同じように水をあたえ、同じひとつのお日さまに照らされても、すくすく育つ苗ばかりではないのといっしょだ。なかには、早々に枯れたり、ひよわな茎に痩《や》せた葉をつけるだけのものもある。

だが、ほとんどの種は、順調に生育する。なにしろ条件はそろっている。条件に身を任せるだけで、存分に枝を伸ばし、葉をしげらせることができる。わたしたちは、本来、そうしたいと欲しているのだ。一部のひねくれ者だけが萎《しお》れていくというわけだった。

やがてつぼみがふくらみ、花が咲く。皆お日さまに向かって、りんりんと咲き誇る。そよ風が吹けば、肩を組み合ったようにいっせいに揺れる。雨風が強くなれば、折れてしまうものもあるし、お日さまの力が強すぎたら枯れてしまうものもあるけれど、だいたいは、時期がくるまで咲きつづける。

太陽はいくつあってもいい。わたしたちは、いつも、新しい太陽を待っている。わたしたちの思いどおりにかがやきつづける太陽だったらもっといいのだが、そんな贅沢はいわない。

とにかく太陽がのぼればそれでいい。わたしたちは、みんな、太陽に向かってにょきにょきと丈を伸ばし、太い枝に分厚い葉をどっさりつける。ひとまとまりとして見ると、森のようだ。大輪の花を振り立て、太陽のあとを追う。

ニオイスミレ

1

最初は、単純に、夫婦にこどもが生まれたら手当てをはずむというものだったらしい。夫婦でなくても、子を産めば手当てをもらえる。だが、いっこうにこどもの数が増えず、ばかりか減る一方だったので、こどもに掛かるかずかずの費用がつぎつぎとただになった。そのぶん税負担は重くなったが、皆、辛抱した。つましく暮らすことにすっかり慣れていたせいで、よりつましい暮らしを強《し》いられても受け入れられたのだろう、と想像する。それでも、新しい命がぞくぞく誕生とはならなかった。そこで十六歳未満のひとにたいする扶養控除が復活となった。

さらに恩給制度がもうけられた。子をひとり産むごとに、六十五歳以降、年額二十万円が支給される。支給対象者は世帯主で、子の数の上限は五人、つまり百万円と決まっており、「産むなら五人」という言葉が流行した。

ところが、出生率の上昇ははかばかしくなかった。産む女は産むのだが、産まない女はなかなか産まない。

こんなにお膳立てしてやっているのに、なぜ産まぬ。産もうとせぬ。保育所だっていくつも建てたし、育児休業法も手直しした。鼻血の出る思いで不妊治療も人工授精も無料にしたし、産婦人科医も、小児科医も、ひところよりはずっと増やした。「おかあさんになるって素敵」という風潮をこしらえるべく、広告代理店に依頼して、かっこいいコマーシャルフィルムやポスターを制作した。リーフレットもばらまいたし、あちこちの雑誌や人気サイトに広告も出した。われわれはこんなに産む女を応援している。賞賛している。それなのに。

もしかしたら、産む女は放っておいても産むのではないか、問題は産みたがらない女なのではないか、と国はようやく考えるようになった。どうやら、この期《ご》に及んで、さしたる理由もなく、産まない女がいるらしい。

そんな折、諮問委員会メンバーである女性有識者より、目からウロコの意見が出た。女がこどもを産まないのは、産みたくないのではなく、単に相手がいないだけなのではないかというのである。

子を産みたくなるような男はたいていよその女のものだし、でなければゲイか、ゲイではないが著しく性欲が衰えている、と個人的見解を披露し、昨今では、性の対象が生身の成熟した女ではない者も増加の一途をたどっているようだ、とインターネットの巨大掲示板や相談サイトのやりとりをプリントアウトした「資料」を提示した。

贅沢を言うな。分《ぶん》をわきまえろ。むかしは親の決めた相手とおとなしく所帯を持ったというではないか。産めよ増やせよというわれわれの要望に嬉々《きき》として乗っかったではないか。選ぼうとするから話がややこしくなる。選ぶな。産め。国はそう言いたかった。男も男だ。なげかわしい。生身の女を見てむらむらしなくてどうする。

いっそのこと、歳の釣り合いだけ考慮して、無作為にカップリングし、ひとつ部屋に放り込み電気を消してやろうかと思ったが、国民の理解はとうてい得られないだろうから、国は、志願制度をつくることにしたのだった。

2

母になることを志願した女は、規定書類に所定事項を記入し、戸籍謄本と健康診断書を添え、各自治体に申し込む。検査の日時が知らされ、それにパスしたら、妊娠しやすくなる「おくすり」が指定医院にて処方される。

三カ月服用したのち、三十四歳七カ月までサロンに出かける権利があたえられる。志願母の出産は三十五歳までとなっているので、それがぎりぎりのラインだった。そうしてサロンとは、志願父との出会いの場だ。

志願父も志願母同様、規定書類に所定事項を記入し、戸籍謄本と健康診断書を添えて、各自治体に申し込み、検査をパスした者ばかりである。

サロンには甲と乙の二種類があった。志願母と志願父の判定は甲乙丙丁《へいてい》に分けられるが、パスするのは甲と乙だけなので、それぞれのクラスのサロンが用意されているというわけだった。

ちなみに甲種合格は、女の場合、健康な日本人で、十六歳以上三十歳未満の容姿端麗もしくは並以上、あるいは年収六百万円以上か、国公立大学及び有名私立大学卒業の者。男の場合は、年齢が十八歳以上四十歳未満になるが、それ以外は同じ。

乙種合格は、女の場合、妊娠にさしつかえない程度の持病を有する者をふくむ健康な日本人で、三十歳以上か、容姿が並もしくは並以下、あるいは年収三百万円以上六百万円未満か、その他の大学、短期大学、専門学校、高等学校出身の者。男の場合は、やはり年齢の基準だけが異なる。五十歳未満だ。

志願制なので丙や丁に振り分けられるような男女は滅多に応募してこないが、その判定基準は、かつてあったという徴兵検査によく似ていた。

甲種合格者は甲サロン、乙種合格者は乙サロンに、週に一度は通わなければならない。受付で国民カードをリーダーに通せば記録が残る仕組みになっている。週に一度のノルマを果たしたら、甲種合格者は乙サロンにも顔を出すことができる。だが、乙種合格者の甲サロンへの立ち入りは禁止されている。

サロンで知り合った男女は、合意さえすればよかった。つまり、婚姻関係を結んでも、結ばなくてもよかった。性交だって、あってもなくてもよい。人工授精という方法がある。大事なのは、子をつくることなのだ。

特筆すべきは、すぐれた遺伝子を持つと認定された男は、既婚であっても、あるいはどんなに歳をとっていても、サロンに参加できる点だった。これがすなわち特別枠。通称種馬枠である。

かれらに種をつけてもらうには、手数料を支払わなければならない。女から支払われたその代金は、種馬が国に寄付するのが慣例となっているが、実際は形骸化していた。種馬は女から金を受け取らない。それでも国に寄付金をわたすのは変わらないから、結局持ち出しになるのだが、そこはノブレス・オブリージュと心得て、きもちよく支払う。

もとよりかれらにとっては痛くも痒《かゆ》くもない金額である。特別枠に入った者だけにあたえられる金バッジこそが、かれらの誇りなのである。

気がついたら、太っていた。

3

鏡に映った顔をながめたら、輪郭がゆるんでいたのだった。頬に手をあてがってみると、たいそう柔らかで、濡《ぬ》れているようである。色もいっそう白くなって、深みが増した。透明感は薄れたが、こくのある肌つきだ。よいあぶらが内側から滲《にじ》み出ているようだった。

洋服をすっかり脱いで、風呂場のドアを開け、鏡に全身を映してみる。からだも、白く、ふくよかだった。

いくぶん重たげにうつむく胸を持ち上げたり、充実感あふれる腰回りを撫《な》でたりさすったりなどして照れ笑いを浮かべたり、後ろ向きになり、大きくなったお尻を突き出し気味にして、さまざまなポーズをとって悦に入ったりもしたのだが、はしゃぎきれなかった。

これからのことを考えると、やはり、少し、憂鬱《ゆううつ》だ。間に合うといいのだが。いや、間に合わなくても別段どうということもない。今までと同じ生活がつづくだけだ。でも——。

「おくすり」を服《の》み始めたのは、三カ月前だった。志願母に応募したのは、その二カ月前である。それから検査場におもむき、判定員の面接を受けた。

判定所では、まず、計測器で身長、体重はもちろん、バスト、ウエスト、ヒップ、顔の長さや横幅などを正確に測られた。その数値をベースにし、面談の上、判定員が受験者の容姿レベルを決めるのだった。

容姿レベルは、それぞれの性的魅力もふくめた見た目の総合評価なのだが、とどのつまり、判定員の好みだ、と『月刊淑女』に書いてあった。判定員は、男性の叙勲者のなかから国が指名した名士ばかり。かれらの「好み」に異を唱える女などいない。文句があるなら、志願しなければいいだけだ。

並以上との容姿判定を受け、半年もかからずに準備がととのったのは、わたしの年齢を考えると、まずまず早いほうだった。

なにしろ応募時は三十三歳。三十五までに結果を出さないとならないから、東京都も急いだのだろう。都会になればなるほど志願母が少ない。そんなことまでして恩給をもらいたくないわと首を横に振る女が多いのと、非国民と陰口を叩かれたり、いじわるされたりする場面が地方にくらべて少ないからだ。

未婚の女が多いのも一因だ。未婚でも産めばいいのだが、自由がどうのと唇をとんがらかして理屈をつける女や、あの男じゃいやだ、この男もいやだと高望みする女が、未《いま》だ都会には棲息《せいそく》している。というか、そういう女だからこそ都会をめざして、ふるさとをあとにする。

彼女たちは「いしおんな」と呼ばれる。いしあたま同様、融通のきかない、頑固者という意味だ。わたしのように、さしたる理由もなく産もうとしない女も、「いしおんな」に入ってしまう。むかしはそこそこ数もいて、ある程度は市民権を得ていたらしいのだが、富国多産政策のもとでは少数派だった。

サロンには、月曜から金曜まで、毎日通うつもりだ。

気分としては出勤である。勤め先がもうひとつ増えたようでげんなりするが、出会いの数は多いほうがいい。それに、わたしは、もう、三十四歳。ここが正念場と覚悟して、がんばらないと。

国営でなくても、民営のサロンは各種ある。ありがたい状況だ。だが、民営は質のばらつきが甚《はなは》だしいと評判がよくないし、費用もかかる。

三十五を過ぎても産めることは産めるし、四十前後で産んだ子は優秀との噂も耳に入っているのだが、わたしは、やはり、高齢で初産というのはいやだった。どうせ産むのなら、少しでも若いほうがいいに決まっている。

わたしはこれまで、好き勝手やってきたのだから、ここいらで、お国のために一肌脱いでもばちはあたらないと思う。このままでは、日本人の血が薄まってしまう。外国人の女が海をわたってやってきて、やすやすと子を産み、日本人を増やしているということの現状。看過できない、と目くじらを立てるほどではないし、純血主義者でもないけれど、少しく不愉快ではある。

では、なぜ、このような切羽詰まった状態になるまで、わたしが産まなかったのかというと、ぼんやりしていたというほかない。あとでゆっくり考えましょうとか、まあ、おいおい、と棚上げしたり先送りしたりしていた。要はエンジンがかからなかったのだ。

4

月曜日。勤めを終えてサロンに出向いた。

乙サロンゆえ、場所は都内の一流半ホテルである。クロークに荷物をあずけ、受付で国民カードを提示し、ハート形の名札をもらう。名札にはまだなにも書かれていない。

受付台に用意してあった金と銀のサインペンから、銀色を選び、星やハートのイラストをあしらいつつ「純水麗」と記入した。「スミレです、よろしく」と書き添え、胸に留め、国民カードをリーダーに通す。壁に設置されたリーダーはカーキ色のお弁当箱といったふうで、味もそっけもなかった。

バンケットルームに進む。優雅な音楽が低く流れるきらびやかな会場全体をながめながら、シャンパンを受け取った。

まずは立食パーティ。ここでよい雰囲気になったカップルはダイニングバーに移動し、本格的にたがいのハートに火をつけ合う。首尾よく燃え上がったら、客室になだれ込み、ホットな夜を過ごすのが一般的だ。

ざっと勘定したところ、すでに三十人を超える男女があちこちのテーブルで談笑していた。そのうちのひとりの女がわたしに気づき、手を振った。チェリーである。幼なじみだ。

「やだ、スミレじゃない!」

テーブルを離れ、近寄ってくる。大きくV字に開いた胸もとの真ん中に名札をつけていた。それは谷間を強調する、スタンダードなテクニック。巨乳っ子の基本テクでもある。チェリーの名札には星やハートのイラストをちりばめつつ、「久遠桜」と書いてあった。その下には「チェリーです、よろしく」と。

わたしと同じだ。『月刊淑女』を参考にしたのだろう。数年前に一世を風靡した温故知新ブーム以来、わたしたちはつい「よろしく」を「夜露死苦」と書いてしまいそうになるが、それだと、いまは時代遅れなのだそうである。

「デビュー？　とうとう？」

と訊《き》かれ、うなずく。チェリーの髪はきれいな赤茶色で、眉《まゆ》もそんなに細くなかった。口紅も熟したブドウ色ではなく、青みがかったピンクである。

「きょうは甲サロンから大物がやってくるって噂だよ」

わたしの腕を引っぱり、チェリーが耳打ちする。

「どっち？」

そう訊いたのは、大物には二種類あるからだ。ヤンキー系とおたく系だ。つまり、セクシーな御曹司タイプか、頭脳明晰な叩き上げタイプかということ。

「そこまではちょっと」

チェリーは肩をすくめた。からだの線がほどよく強調されたドレスを着ているのは、どちらのタイプにも対応するためなのだろう。『月刊淑女』によると、基本的にヤンキー系は、光る素材でできた皮膚のようにからだに張り付くドレスを好み、おたく系は、柔らかな生地でできたからだに付かず離れずのワンピを好むのだそうだ。

「着替えたの？」

保育所教諭であるチェリーが通勤にそんなドレスを着るわけがない。

「あたりまえじゃない」

チェリーはぶるんと胸を揺すった。茶色のタイトスカートに白いシャツをねじ込んだわたしの恰好を見て、「ボタンは、あとふたつ外したほうがいいね」とアドバイスする。わたしはすでにふたつ外してあったシャツのボタンをもうひとつ外した。チェリーの言うとおりにしたら、ブラジャーが見えてしまう。あいにく、きょうは見せブラをつけてこなかった。

「髪は巻いてきたんだけど……」

「でも金髪じゃん」

この歳でキャバガールは痛いって。苦々しそうにつぶやくチェリーを前にして、わたしはぐうの音《ね》も出なかった。「カラコンはしてないよ」とようやくちいさな声で言ったら、「してたらびっくりだよ」とすかさず言い返された。

キャバガールは若い女の子の王道ファッションスタイルだ。わたしは、キャバガールの持つ、ロマンチックでありながらエロさの香る、お姫さまムードがやっぱり大好き。洋服のほうは泣く泣く卒業したけれど、自分のなかのどこかにキャバガールの面影を残しておきたかった。

「あ」

チェリーが肘《ひじ》でわたしをつつく。

「おたく系だ」

彼女の視線をたどると、前髪も顔も長い痩せた男がメガネをずり上げつつ会場に入ってきていた。

「やばい、ヨシフミじゃん！」

興奮気味にチェリーがわたしの耳もとでささやく。わたしは唾《つば》を飲み込み、「ほんとだ」とつぶやくだけでせいいっぱいだった。

国の科学技術機関で働くヨシフミは、おたく系ではもっとも人気の高い男だった。もう四十は超えているはずだが、特別枠としてふだんは甲サロンに出入りしている。

良文と書いてヨシフミと読ませるという、いまどきめずらしい名前のヨシフミは、その名からして、頭脳エリートと知れる。その上涼しげなイケメンで、志願父としての能力も高い。おたく系では希有《けう》の存在だ。

二度目の妻はヤンキー系名家のひとり娘スワン（白鳥）。キャバガールのカリスマとして名高い十六歳のとき、ヨシフミにみそめられた。ヨシフミは先妻とのあいだに六人、スワンとのあいだに現時点で三人の子をもうけている。さらにサロンで知り合った女に産ませた、俗にいうサロン・ベイビーは十人とも二十人とも三十人ともいわれている。ヨシフミの上着に刺した、いななく馬をモチーフにした金バッジがまぶしい。

「でも、ヨシフミの好みはとにかく若い子だから」

若さしか取り柄のない、容姿は並か並以下の女たちにさっそく取り囲まれたヨシフミを、チェリーは顎《あご》でしゃくった。

「ああ、これがゼウスだったら！」

と身をよじる。ヤンキー系のゼウス（全能）は、芸能人以外ではいま日本でいちばんもてる男だった。暴走族の頭を祖先に持つ旧家の出で、参上コンツェルンの跡取りだ。ワイルドかつシャープなイケメンで、胸板も厚い。『月刊淑女』に載った写真からですら、男の色気がむんむんと匂い立つ。かれの汗のにおいをかいだだけで失神してしまうとの都市伝説があるくらいだ。

三十四歳だから、わたしと同い歳。十九のときに結婚した七つ上のキラリン（綺羅鈴）に先立たれ、かれこれ三年は経つ。妻とのあいだにこどもはいなかった。サロン・ベイビーもいないという噂だ。旧家の御曹司らしく、純愛をつらぬく方針のようで、腕には「綺羅鈴命」とスミを入れているという。

「ゼウスなら、歳で女を選んだりしないのにね」

チェリーがふくみ笑いをした。

十六になってすぐにサロン通いを始めたチェリーは、甲サロンへの出入りをゆるされていたころ、一度だけゼウスと寝たことがあった。

ゼウスは当時独身だったが、チェリーと寝るさいにコンドームを使用した。彼の信条は「マジで惚《ほ》れた女にしか中出ししない」なのである。ちなみにコンドームは禁制品だ。闇で買うしかなく、だから高価で、富裕層しか持ちえない。

チェリーは一晩だけではあるが、ゼウスの女になったことをいまでもいちばんの宝物にしていた。

中出しはしてくれなかったけれど、ゼウスのたくましい腕で抱きしめられ、硬いペニスを出し入れされつつ、きゅっと引き締まった尻をつかんだ感触が忘れられないのだという。「ごめん、おれにはキラリンがいるから」という言葉と札束を残して去ったゼウスの紳士ぶりと男気に鳥肌が立つほど痺《しび》れたらしい。

結婚したゼウスは純愛主義をつらぬき、女あそびをしなくなった。キラリン亡きあとも、たまに乙サロンに顔を出すくらいのようだ。年齢が上がったばっかりに乙サロンへの降格を余儀なくされた、美形だがちょいダサの女が、ゼウスのいまの好みだというのが『月刊淑女』の分析である。

乙サロンでゼウスと会えたら、きっと——。たぶん、チェリーはそう思っている。そしたら、今度は結婚の目もある、と考えているにちがいない。

チェリーは、むかしから、こどもよりも結婚派の女だった。結婚しなければこどもを産みたくないという古風な女なのである。愛し合う男と愛あるセックスをし、こどもを産みたい、とむかしから言っていた。

挿入までいった相手はゼウスだけのようだ。いいムードになった男はいたらしいのだが、いざとなったら逃げ出してしまったらしい。かれらがローションを使おうとしたからだ。身につけていた衣服を脱いだら、即、ローションを用いて挿入する、ごくごくノーマルなセックスにチェリーは我慢できなかったのである。

たしかに、キスや、その他の前戯というものをたっぷりとおこない、女がぬるぬるするのを待って挿入するというやり方もこの世にはあるらしい。だが、そのようなセックスを実践するのは、生殖よりもアムールを優先する亡国民か、極端な快楽主義者か、少数のニンフォマニアのみ、というのが常識である。

ゆえに、ローションなしの挿入は、愛情とは無関係だ。けれどもチェリーは、どうしてもローションと愛情を結びつけてしまう。自分がぬるぬるしてくるまで待っていてほしい、というのがチェリーの言い分なのである。それが自分にたいする愛情だと信じて疑わないのである。肩がふれ合っただけでぬるぬるしてきたのは、後にも先にもゼウスだけだったようだ。

視線を感じて目をやると、ヨシフミがこちらを見ていた。無関心な表情を残して、視線がわたしたちを通り過ぎる。

中途半端にドレスアップしたチェリーと、髪の毛にキャバガールを引きずっているわたしには、まったく興味をひかれなかったらしい。

薹《とう》が立ったわたしたちが発散する、まだまだ容姿は並以上との自負がうざったかったのかもしれないし、チェリーの醸す、こどもより結婚派の空気、わたしの醸す、産んでみたいというきもちはあるんだけれども……という、この期に及んではっきりしない空気が面倒くさかったのかもしれない。

ほんの少しがっかりして、うつむき、なぜかかすかに笑った。目を上げたら、ひとりの男が会場に入ってくるのが見えた。嘘でも冗談でも目の錯覚でもなく、かれは、まばゆい光を放っていた。

「ゼウス……」

チェリーがひとりごちた。信じられない、という目をして、口を半ば開けている。

チェリーだけではなく、参加した女たちは皆、同じ表情でゼウスを見つめていた。

刺身のつまと化したヨシフミが、急いでゼウスに近づき、かれの肩を抱く。当代きっての二大伊達《だて》男とでもいうべき雰囲気をつくり出し、女たちの熱い視線を取り戻そうとしたが、うまくいかなかった。

この目で見て分かった。ゼウスの男ぶりはヨシフミの比ではない。この男のこどもを産みたいと女のからだに思わせるなにかがゼウスにはあった。

少年のような笑みを浮かべつつ、ヨシフミの腕をふりほどいたゼウスは、押し寄せる女を適当にあしらいながら、シャンパンを飲んだ。一箱買えば、わたしの三月《みつき》ぶんの給料が吹っ飛ぶタバコをくゆらせ、真ん中わけのロン毛を掻《か》き上げる。シャツのボタンをみっつ外した浅黒い胸もとに光るゴールドのチェーン。おそろいのブレスレット。耳たぶからこぼれ落ちそうなほど巨大なダイアのピアス。

出遅れたわたしとチェリーはゼウスに近寄ることができなかった。足の裏みたいな顔をした男と、くるぶしのタコみたいな鼻をした男に声をかけられ、死ぬほどどうでもいい会話をしながら、ちらちらとゼウスのようすを窺《うかが》っていた。

司会者がおひらきの時間を告げ、女たちはため息をもらした。ゼウスと話す機会に恵まれた者はダイニングバーに誘われなかったことを無念がり、話す機会にすら恵まれなかった者は、ただただ無念がった。

容姿は並以下であるものの非常に若い巨乳娘を連れて、ヨシフミが意気揚々と会場をあとにする。ゼウスの前を通り過ぎようとしたとき、じゃあまた、というふうに軽く手をあげてみせた。

　お付き合いでヨシフミに手をあげかえしたゼウスは、その手を握りしめるようにしてから下ろし、ズボンのポケットに入れた。迷いなく歩き出す。こちらに向かって。

　わたしの目のなかで、ゼウスのすがたがどんどん大きくなっていった。心臓の高鳴りが聞こえてきたが、わたしのものなのか、隣にいるチェリーのものなのか、よく分からなかった。

　わたしは、できるだけ期待しないようにしていた。きっとゼウスはチェリーに声をかける。絶対そうに決まっている。

　わたしなんか。わたしなんか。わたしなんか、と念じていたら、ゼウスがわたしの前で足を止めた。わたしの目を見つめながら、両手を差し出す。やさしくわたしの頬を包むようにふれてから、耳の下にあてがった。首筋をあたためるように撫で下ろし、ちょっと飲もうか、と子宮にひびくような低音でささやいた。

5

悔しげなチェリーを残し、わたしはゼウスに連れられ、最上階のダイニングバーに向かった。歩いているときも、エレベーターに乗っているあいだも、ゼウスはわたしの腰に手をあてていた。

ダイニングバーではＶＩＰルームに通された。わりあい広い部屋だった。最上階なのに、窓がない。壁も床も黒である。壁のところどころで長細いネオンが青い光を放っていた。ズキンズキンと深い傷が痛むときに聞こえるようなリズムの曲が、フルボリュームで流れる。

白い革張りのソファに腰を下ろした。わたしとゼウスは最初からぴったり寄り添い、テキーラで乾杯した。すぐにゼウスはわたしの頭をかれの肩にもたれさせた。胸まで垂れたわたしの髪を掻き上げ、首筋にキスをした。

うっとりしたのもつかの間、ゼウスはわたしの頭を肩から離した。わたしの両肩をつかみ、背なかを向けさせる。

「何カップ？」

後ろから両の乳房をつかみ、丸めるように揉《も》みながら、ブラジャーのカップ数を訊いた。

「Ｄ」

か細い声でそう答えたのだが、ゼウスは無言だった。わたしのシャツのボタンを外していく。ブラジャーを上げ、じかに乳房をつかみ、存分にこねくり回したのち、

「もうちょっとあるんじゃない?」

と息を吹きかけるようにささやいた。

ひょっとしたら大きくなったかも。そう応じようとしたら、ゼウスはわたしを振り向かせた。慣れた手つきでシャツを脱がせる。わたしをころんと仰向《あおむ》けに倒し、スカートも脱がせる。おしめを換えるようにパンティストッキングをはぎとり、パンツも下ろそうとする。もちろん、わたしは控えめにお尻を上げて、協力した。

パンツを下ろしきったゼウスは、片ほうの足を折り曲げて、よく磨かれた革靴をセンターテーブルのふちにあてた。膝《ひざ》を伸ばしてセンターテーブルを向こうに押しやる。猫を持つようにわたしの首に手をかけ、床に下りるよう無言で指示する。ゼウスとは初めてだったが、かれがなにを望んでいるのか、すぐに分かった。ゼウスはまたを大きく広げて待っている。

わたしはゼウスの足のあいだでまずよつんばいになった。膝立ちして、ゼウスの股間《こかん》ににじりより、頬擦りした。ゼウスのペニスはもう硬かった。ほっとしたが、気を引き締めて、ゆっくりとジッパーを下ろした。両手でそっと包み、唇を近づける。心をこめて、持

てる技術のすべてを出し切ろうと決めていた。フェラチオは女のたしなみだ。

ゼウスはわたしの奉仕に満足したようだった。いくぶん乱暴にわたしの髪を引っぱり、終了をうながす。わたしは恥ずかしそうに、なおかつ名残惜しそうに、唇をちょっとすぼめたままゼウスのペニスから離れた。自分の顎を撫でさすり、口を開けたり閉じたりする。

「あなたのペニスが大きかったので、顎がはずれそうになっちゃったわ」と相手のお道具を誉《ほ》め、「緊張のあまり顎に余計な力が入ってだるくなっちゃったわ」と初々しさをアピールする定番の演技である。だが、このときのわたしの身振りは演技ではなかった。ほんとうにそう思った。

「がんばってくれたんだね」

かわいいよ。ゼウスがうるんだ目でわたしを見つめる。わたしのきもちが伝わったらしい。コクンとうなずいたら、涙がこぼれそうになった。まだこぼれ落ちていないのに、ゼウスは、ばかだな、とつぶやき、親指でわたしの頬をこするようにするという、涙をぬぐう動作をした。

おもむろにゼウスがわたしの腕を引っぱり、立ち上がらせた。急ぎ足でトイレに向かい、ドアを開ける。

ゴージャスなＶＩＰルームとは打って変わり、トイレは狭く、粗末なつくりだったが、わざとそうしているのは一目瞭然《いちもくりょうぜん》。

『月刊淑女』の「ダイニングバーのＶＩＰルーム特集」で読んだことがある。ヤンキー系セレブのあいだで、レトロトイレでのセックスプレイが流行していて、各ホテルのＶＩＰルームでは、海の家のトイレ風、公衆便所風、学校のトイレ風といろいろ取りそろえているのだ。

和式便器をこの目で初めて見て、わたしは興奮した。スリッパみたいなかたちをしていて、すごくカワイイ。薄いグレーの壁には落書きがあった。「3年2組絶対優勝」とか「部活たるい」とか「ハゲ死ね」などが、つたない文字で書いてあったから、学校のトイレを模しているのだろう。

ゼウスはわたしに和式便器をまたがせた。自分は後方に回り、わたしに、壁に手をつかせる。わたしの目の先に相合い傘の落書きがあった。傘の下には、全能、純水麗の文字。なんていう素敵なサプライズ！　いつのまに！　ほんとにもうゼウスったら。

わたしはゼウスほどのひとがわたしのためにサプライズを用意してくれたことがうれしかった。ゼウスがわたしの秘所に指を入れ、なんだよ、おまえ、ローション要らないじゃん、とちょっとあきれた声を出してみせてくれたのもうれしかったし、誇らしかった。「ローション要らず」は女にとって最高の誉め言葉だ。

ぐいっとお尻を引き寄せられ、ガツンと挿入され、はげしく速く出し入れされて、目がくらみそうになった。あのゼウスがわたしのなかに入っている。ゼウスの動きに合わせて、いっしょうけんめい、腰を振った。あえぎ声も盛った。

休み時間に人目を忍んで繋《つな》がっている高校生カップルになった気がする。四六時中わたしを欲しがる男の子に、思う存分、欲しいものをあたえている気がする。実際はわたしがあたえてもらっているのに。

どうか、ゼウスの種がわたしのなかで芽吹きますように。よい赤ちゃんが授かりますように。

漠然と抱えていた、産みたいなあ、という思いが、ゼウスに出会って、具体的になっていた。お国のためにひと肌脱ぐとか、そんなことはどうでもよかった。わたしはゼウスのこどもが欲しくて欲しくてたまらなかった。

ふいに、こどものころを思い出した。

ちいさかったわたしは、わたしの名前と同じ花を鉢植えで育てていた。うすむらさき色のニオイスミレだ。二月に花が咲いた。旺盛に茂った浅いみどり色の葉を搔き分けないと見えないくらいちいさな花が、うつむきながら、ひらいていた。

初夏になってもニオイスミレはつぼみをつけつづけた。どれもこれも花を咲かせぬまま、どっさり種をつくった。

図鑑で調べたら、つぼみのまま種をつけるのは閉鎖花というようだった。虫の力を借りずとも、自家受粉できるのだそうだ。ひとりで子孫を増やせるにもかかわらず、では、なぜ、花を咲かせたりもするかというと、ちがう遺伝子を取り入れたいからとのこと。

わたしは、そのとき、ニオイスミレになりたいと思った。

自分だけの花粉で種をつくるか、虫の協力を得て、よそのだれかの花粉と種をつくるか選べたらいいのに、といまのいままで胸のなかでうっすらと思っていた。

「いっしょにいこうぜ」

ゼウスがあえぎながら言った。わたしは荒い息づかいのまま、かすかにうなずいた。ゼウスの動きがマックスまで速くなるのに合わせ、あえぎ声を太くしていく。やがてゼウスが果て、わたしも果ててみせた。膝の力が抜けたように、その場でしゃがみ込んでみせもした。ゼウスもわたしを抱きしめながらしゃがみ込んだ。わたしの頭のてっぺんに顎をのせ、こうささやく。

「ナマショー、書くから」

こんなによかったのは久しぶりだ。ゼウスは鼻にかかった声で照れくさそうに言った。

レトロトイレを出て、脱いだ上着のポケットから用紙とペンを取り出し、記入し始める。

よかった。ゼウスは（チェリーのときみたいに）コンドームを使わなかったのだ。一抹の不安が消え去り、わたしの胸が喜びでふるえた。性交証明書――辞書には「避妊具を用いずに性交をおこなったさい、男性がその事実を証明するために作成する書類。通称ナマショー」と説明されている――とＤＮＡ鑑定結果表を自治体に提出すれば、わたしの産んだ子の父はゼウスだと認定される。全国の男性のわずか三パーセントといわれる超優良遺伝子階級の父親を持つこどもなら、国から多めに手当が出るし、なんといっても、そのようなこどもを産むことは女の誉《ほま》れだ。

「わるいようにはしない」

ナマショーをわたしの手に握らせ、ゼウスがささやく。

「こどもができたら、おれと結婚してくれないか」

思わず振り向いたわたしの唇をゼウスのそれが覆った。舌と舌をからませたら、涙が頬を伝った。ありがとう、ゼウス。でも、わたしとあなたでは身分がちがう。結婚なんてできっこないのに、口にしてくれたゼウスのやさしさと男気がせつなかった。

この思い出があれば、生きていける。そう思った。わたしは、こどもとふたりで生きる。こどもが「超優良遺伝子階級の父親の子」と認められなくてもかまわない。国からもらうのはシングルマザー手当だけで充分だ。このひとのこどもが欲しいと心から思えたひとに出会え、妊娠までできたとしたら、これ以上のしあわせはない。これ以上望んだら、ばちがあたる。

「とりあえず」とゼウスが差し出した札束を、わたしは静かに首を横に振りながら断った。さようなら、ゼウス。胸のうちでそうつぶやき、「今度いつ会える?」としつこく訊くゼウスを振り切って、VIPルームをあとにした。エスカレーターで一階まで下り、びりびりに破いたナマショーをゴミ箱に捨てた。

妊娠の可能性がある志願母は、サロンに行ってはならない決まりである。もちろん妊婦も行ってはいけない。だから、わたしはもう二度とサロンには行かないだろう。ホテルの正面玄関を出て、振り返って最上階を見上げたとき、わたしは自分が妊娠していると確信した。お腹《なか》のなかで、ゼウスの種が発芽する気配をありありと感じた。

6

明くる日、午前十時前に勤め先に着いた。ロッカーで白衣に着替え、受付に座る。

わたしの勤め先は、あの碗田《わんだ》診療所である。

一見、どこにでもある婦人科クリニックなのだが、つねに一部で話題の、あの碗田診療所なのである。

富国多産政策の一環で、母体保護法は優生保護法と名称を元に戻した。内容も、ほぼ元どおりにしようとした。

国民は賛成反対まっぷたつに分かれ、大もめにもめたらしいが、最終的には、健全な素質を持つ者のみを増加させたいという方向にかたむいた。どうせ増やすのなら、国家や自治体の予算の負担にならないほうがいい。なぜなら、これ以上税金が増えるのはもうたくさんだったし、世の中の多くのひとは「健全」の範疇《はんちゅう》に入るからだ。

その結果、人工妊娠中絶は、「胎児に不具合がある場合」に限定された。レイプにより孕《はら》んでも、堕胎はゆるされなかった。子を授かったことには変わりない、生まれてくるこどもに罪はない、というわけだ。ただし、胎児の「不具合」の範囲は広かった。純血ではない胎児も「不具合」とみなされる場合があった。

そこで碗田診療所の出番である。

碗田診療所を訪れると、「妊娠」が「なかったこと」になるのだった。

碗田医師は七十近い老人である。細長い輪郭の持ち主で、突出気味の大きな目がちょっと離れている。イタリアン・グレーハウンドを彷彿《ほうふつ》させる顔である。医師免許は持っているらしいが、それはあくまでも診療所を開設するための手段だったようだ。くわしくは知らないが、おたく系の相当裕福な家の出と聞いた。若い時分から世界じゅうを飛び回り、好きな菌類を独自に研究してきたとのこと。

そうしているうち、胎児を消すカビを発見した。トムライカビの変種だそうで、妊娠十二週までなら、母体に吸収させることができる。痛みも出血もない、この物質の通称はイレイザー。商品化したのはロシアの製薬会社で、碗田医師はますます金持ちになった。

きょうびイレイザーを用いてことにおよぶ闇医者は多い。碗田医師がそんじょそこらの闇医者とちがうのは、保険適用外にもかかわらず、診療代が総じて良心的という点だ。平均すると十五万円といったところだろう。

というのも、診療代は、碗田医師の胸ひとつにかかっているからである。心証のよくない患者からは、百万円もふんだくる。逆に、やむにやまれぬ理由の患者には大いに同情し、あたたかな励ましの言葉をかけたのち、無料にする。まさに自由診療なのだ。

さらに、碗田診療所ならではのオプションがある。イレイザーを注入したあと、催眠術をかけるのだ。

世界じゅうをめぐっているうちに、アフリカだか南アメリカだか東アジアだかの祈禱師《きとうし》と懇意になり、催眠術を会得した碗田医師は、患者の記憶を書き換えることができた。

標準コースは、妊娠し、堕胎のため当碗田診療所を訪れた記憶を、単なる健康診断受診へと書き換えること。レイプの場合は、そのむごい経験の記憶も消し去る。

まれに記憶の書き換えだけを受けに来る患者もいた。

暴力により身ごもってしまったものの、堕胎は忍びないと考える女たちだ。あるいは「不具合」のある胎児を生かしたいと願った女たち。「不具合」のあるこどもの親は、給付金目当てだの、えせジンドー主義者だのなんだのと誹謗《ひぼう》中傷の対象になる。

誹謗中傷をやわらげるには、産んだ女が「産むまで分からなかった」とするしかない。それでもある程度は酷《ひど》い言葉を投げつけられるが、産んだ女が心《しん》から「分からなかった」と信じれば、その言葉に真実味が加わるし、女自身の心持ちも軽くなる。せっかく産んで、大事に育てても、そのこどもたちは底辺民として生きるしかないのだが、なんらかの才能や、才覚があれば、海外で成功することができる。なかには世界のリーダーになった者もいる。特殊な才能や才覚がなくても、こどもたちのほとんどは海を渡る。世界じゅうに散らばり、そこそこの生活（少なくともこの国にいるときよりはよい生活）を手に入れることができる。

憂うべきは、かれらが、それぞれが根を下ろした国で、それぞれの国民をそそのかし、この国にたいする抗議運動をすることである。そうでなくても、諸外国からの風当たりが強くなるいっぽうの昨今、この国はほとんど孤立している。国内ではいっそ鎖国すべき、との声が次第に大きくなっているのだが、とにかく、この場合は(記憶の書き換えだけを受けに来る場合は)、妊娠に至った経緯《いきさつ》の記憶を、患者が希望するそれに換えるのだった。もちろん、単なる健康診断受診と名目も換える。

問題は、診察室を出たあとの患者への対応だった。健康診断のはずなのに、会計に進むと、べらぼうな金額を請求される。こんなにぼるなんて、やっぱり闇医者ね、とプンプンする。幾度か訴訟を起こされたこともある。そこで碗田医師は、患者に「請求される診療報酬は妥当」と催眠術をかけるようになった。

わたしは受付に座り、待合室を見渡して、診察前と後の女たちの表情を観察する。「前」の女たちの顔には「絶望」「不安」と書かれている。「後」の女たちの顔に書かれているのは、健康診断の結果にもよるが、おおよそ「平穏」か「安堵《あんど》」である。

いずれにしても、彼女たちの目はうつろである。妊娠は、もはや、それほどめでたいことではないのだった。小学校一年生のときの教科書に書いてあった「このくににうまれてよかった」という言葉。わたしたちは繰り返し音読した。いまでもそう思っているし、誇りに思ってもいるけれど、でも、なんだか、ちょっとこう、寒々しさのようなものを感じる……というのが正直なところだ。

妊娠、出産に純度百パーセントの喜びを抱く女は数少ない、と推測する。ゼウスの子を宿したと確信していたわたしは、数少ない、そのひとり。このなかに、とお腹に手をあてがえば、わたしの頬は薔薇色《ばらいろ》に染まり、目はいきいきと力強く輝き出す。

7

経過は順調である。お腹の子はすくすくと育っている。男児のようだと碗田医師が言っていた。

いちおうは婦人科クリニックなのだから、わたしは当碗田診療所で定期健診を受けていた。職員だったが、健診料はきちんと支払っている。初回のみ高額だったが、二回目以降は数千円に落ち着いている。

ゼウスとはあれから会っていない。

自分で決めたことなのだが、わたしはたまにゼウスに会いたくてならなくなる。せっかくゼウスがプロポーズしてくれたのに、なぜ、あのような固い決意をしてしまったのか、自分でも、よく分からなくなるときがある。そんな夜はチェリーに電話をかけた。

ほら、あのとき。

乙サロンでのできごとをついでのように話題にしてみる。

「はぁ？」

でも、チェリーは素っ頓狂な声を出すばかりだ。蓮っ葉な口調でさらにつづける。

「ちょっと、あんた、なに言ってんの？　サロンに来たこともないくせに」

分かってる。チェリーはあの日のできごとを記憶から消してしまいたいのだ。

「サロンに行こうと決心して『おくすり』まで服んだけど、そういう不自然なことはやっぱりいや、って、結局、やめたじゃん」

分かってる。チェリーは目の前でわたしにゼウスをさらわれたことが未だに悔しくてならないのだ。自分のなかでねじ曲げた現実を事実と思い込んでいる。まるで碗田医師の催眠術を受けたみたいに。できすぎのストーリーを信じ込む患者みたいに。自家受粉する閉鎖花みたいに。

でも、まあ、よく考えてみると、わたしも閉鎖花のようなものだった。父親なんかどこにもいないわとうそぶいて、ゼウスのこどもを産もうとしているのだから。

こんなわがままなわたしでも、母になるというだけで国は応援してくれる。つくづくよい世の中になったものだ。「このくににうまれてよかった」と、小学校一年生のときに習った言葉を胸のうちで唱え、そっとほほえむ。女に生まれてよかった、とつづけてひとりごちたら、お腹の赤ちゃんがぬるりと動き、絶叫したい衝動に駆られた。

あなたが
いなくなっては
いけない

不在着信が一件入っていた。覚えのない番号だった。知ったひとからの連絡なのかもしれないが、留守電は聞かなかった。削除もせずに、放っておいた。どちらをするのも億劫《おっくう》だった。携帯電話というものじたい、わきにのけていたかった。

夜、お風呂からあがり、バルコニーの出入り口に腰をおろした。少し迷ってから、タバコをすった。サンダルにかかとをのせて、足を投げだすようにする。髪はまだ乾いていなかったが、ゆっくりと吹く風には昼間のあたたかさが残っていて、かえってきもちがよかった。

目の下の広い通りを行き交う車はまばらで、お正月ほどではないものの、静かだった。明日、ゴールデンウィークが終わる。バルコニーに置いてある灰皿でタバコを揉み消し、からだをひねって部屋のなかの携帯を手に取った。ついでにタバコとライターも。一本くわえて、火をつけ、携帯で時間を確認した。午前零時を過ぎていた。ゴールデンウィーク最終日は明日ではなくて、きょうである。

ちょっと前屈《まえかが》みになって、バルコニーを見渡した。隣り合わせた五畳と六畳の洋室どちらからでも出入りできるバルコニーは、夜目にもがらんとしている。

少し前までは、鉢植えでいっぱいだった。ちいさいものは三号ポットに移植したラベンダーグロッソの苗。去年の秋、親株から挿し芽で増やしたおちびちゃんたちが十二、三本育っていた。もっとも大きい鉢はひとかかえ以上もあった。そこでスイカズラが枝をあばれさせていた。真新しいみどり色の葉がひらきかけていた沈丁花《じんちょうげ》、まだ花が咲いていたローズマリーをはじめ、ミニバラ、シルクジャスミンなどなど八号鉢が隙間《すきま》なく。

連休はそれらの鉢を実家へ送る作業に終始した。バルコニーに置いてあるものだけでなく、室内で育てていたものもみんな送った。

たてつづけにタバコをふかし、スマホでニュースのヘッドラインの字面をながめた。Twitter、Facebook、LINE。登録しているSNSも巡回する。

リアルでの知り合いの投稿は、そのひとの顔を思い浮かべながら文字のつらなりを追った。ネットだけの付き合いのひとは、つながりを持ったきっかけを思いだしながらスワイプした。思いだせないひともいたが、それはリアルでも同じこと。四十六歳。知り合いが、いつのまにか増えている。

2ちゃんねるのまとめなんかにもいってみる。くすっと笑えたり、へえ、と感心できたりするものを用心しつつ選び、時間をつぶしている感覚を意識する。時間が流れていることも意識する。このところ、気がつけば、そうしている。

鉢植えの鉢の部分を新聞紙やプチプチでつつみ、倒れないよう工夫して段ボールに詰めていたときも、ひとやすみのたびに一服しつつスマホをもてあそんでいた。

わきにのけていたいスマホなのだが、以前よりひんぱんに手に取っていた。ベッドに入っても手放せなかった。やはりSNSを見てまわった。わたしと同い歳の有名人をウィキペディアで検索したり、YouTubeで愉快な動物たちの動画を平坦な心持ちで観たりした。メールは読まなかった。差出人と件名には目を通すが、どれも急ぐ用事ではなさそうで、だから、やっぱり、放っておいた。なんだかんだと毎日届くDMは機械的に削除した。

スマホの画面にしるされた未読メールの数をながめて、足の指をもぞもぞさせる。かさねばきした絹と綿の五本指靴下は冷えとりに効果的だと聞いた。つめたいものは飲まないようにして、半身浴もおこなっているのだが、タバコをすい、夜風にあたっては台なしだ。

思い立ったというふりをして、未読メールの一覧を読みはじめる。SNSの投稿とはことなり、どれもわたし宛の文章である。わたしという者に向かって発せられた言葉である。きっとわたしという者をちょっとは胸に浮かべて書いたのだろうと思えば、重ったるい。穴を掘っては埋める作業を繰り返したあとのような疲れに躙《にじ》り寄られる感じがする。

どうということのない内容なのだろうから、さっと読んで気軽に返信すればいいのだし、そうしようと何度も思ったのだが、一日経ち、二日経ちしているうちに、機を逸した。逸してしまえば、心持ちがいくぶんか楽になる。厄介なのは受け取って間もないもので、「機を逸した」と思える日がくるのをじっと待っているようなきもちになって、やりきれない。

メールをもらうのが全面的にいやかというと、そうではなくて、どういうことのない内容でも、わたしという者に向かって発せられた言葉なのだから、うれしいか、うれしくないかということでいえば、うれしい。きっとわたしという者をちょっとは胸に浮かべてくれたと信じれば、つい、もたれかかりたくなる。たいていのメールは、まず、こちらの元気を訊いてくる。それがいけない。

未読メールの差出人の名前を、どうしようかな、とつぶやきながら、目でなぞる。どのひとにしようかな、と、なんだか品定めするような気配が胸のうちでぼんやりとふくらんでいく。言いたいことをまとめる作業もはじまる。

文章でもいいのだが、できれば会って話したい気がして、腰が浮きかける。口実は「美味《おい》しいものでも食べに行かない？」がいいかな。「急でわるいんだけど、ちょっと付き合ってくれない？」とか。

和食か、中華か、イタリアンか、タイ料理かなにかを向かい合って食べながら——数人で囲むかたちでもいいのだが——、ころあいをみて、「実はね」というふうに切りだすというか打ち明けるというか、そういう感じで話しはじめる自分を想像し、襟足を掻《か》いた。

かぶりをふっていたらしく、コンディショナーの香りがふわりとただよう。美容室のにおいとでもいうべきものもまだ残っていた。白髪を染めて、短めのボブにしたのは、おといだった。それまでは肩につく長さだった。ショートカットにしようかなと思ったけれど、そこまで構えるほどじゃない。そうだ、「じゃない」だ。友だちを、わざわざ呼びだすほどじゃない。そんなたいそうな話でもないし。まだ。

ちょっと急いで箱からタバコを抜き、ひとふかし。タバコをはさんだまま親指で眉間のしわを撫でる。受信メール一覧を消して、携帯をうらがえす。腿《もも》の上に置く。

深刻ぶってるな、と思ってみる。ぶってるだけかもしれないな。つーことはけっこう余裕があるってことでね。冷静に考えれば、ほんと、そんな。

なんだけれども、よいほうにも、わるいほうにもかたむく「かもしれない」が次々とあらわれる。タケノコみたいに、土から頭をだしたと思ったら、ぐんぐん伸びる。それらを掘って、あくぬきして、口に入れるような行為をつづけている。それほど嚙まないで飲みこもうとするものだから、喉《のど》につかえるし、消化もできない。吐き戻すこともある。タケノコは毎日生える。掘らないと大きくなる。

同意書にサインしてもらわないといけなかったので、妹には話した。妹は、聞いたとたん、最悪のケースまでひとっ飛びで到達した表情を見せた。わたしも告知を受けたときは、そんな顔をしていたのだろうな、と思った。茫々《ぼうぼう》とした、暗く、つめたい、最悪のケースというもの。輪郭だけがはっきりしている。

「ちょっとこう、なんか、がーん、って感じだよ」

言いよどんだあげくの妹の第一声には笑った。

「まさしく『がーん』だよね」

「あ、いや、そうじゃなくてさ」

「いいよ、別に。わたしもそんな感じだし」

へんににやついた顔になってるな、と分かっていたが、直せなかった。久しぶりに訪れた妹の部屋をぐるっとながめ、相変わらず男っけがないようだね、と言った。

「おねえちゃんに言われたくないね」

言いかえして、妹はこたつを出た。おもしろくないきもちをおさえようとして、とりあえずわたしから離れたように見えた。

「バレンタインデーだよ？　予定がないのはいっしょじゃん」

まぜっかえすというふうに口調を変え、台所に立ち、やかんに水を入れた。コンロに置いて、スイッチをつけた。カチッ、ボッ、と音がひびいた。

「健康茶とかないんだけど」

こちらをふりむき、なにがいいの？　と訊いた。

「なんでもいいよ」

答えたら、へえ、と、ぽかんとした顔つきで首をかしげた。からのグラスに手をかけたわたしを見て、

「そういやビールっていうか、アルコール、まずかったんじゃないの？」

もう飲んじゃったんだけどさ、と声をひそめた。

「どうなんだろ」

ビール酵母はいいらしいけどね。ひとりごとみたいにつぶやき、とくに禁止はされてないよ、とつけくわえた。

「ググると、あれがいい、これはだめ、って情報がどっさりでてきて」

なるべく、と言いかけて口をつぐんだ。代わりにくちびるを内側に巻き込むようにして口を閉じ、首を突きだし、浅く、何度もうなずいた（なるべく神経質にならないようにしてるんだ）。

「タバコ、やめたんでしょうね」

妹が大きな声で確認する。

「聞こえてるから」

苦笑して、リモコンを手に取り、テレビの音量を少し下げた。ひょっとしたら、わたし

の声がいつもよりちいさくて、聞き取りにくくなっているのかもしれない。

「そりゃ、やめたよ。あたりまえじゃん（いのち、かかってるからね）」

「そりゃそうだよね（いのち、かかってるものね）」

一瞬、ぱちりと目が合ったが、どちらからともなく、視線をはずした。

このときはまだ禁煙していた。手術日まで決まっていた病院をよして、ちがう病院にかかろうかどうか迷ったときも、すわなかった。すいはじめたのは、ネットで評判の病院をいくつかまわり、受付、看護師、医師、みんな感じのよかったクリニックにお世話になることにして、連休明けの入院が決定してからだった。お酒もそうだ。入院が決まってから毎晩飲んでいる。

「花、どうしようかなーと思って」

白湯《さゆ》をすすって、つぶやいた。妹がなにか言う前に、

「おかあさんのとこに送っちゃおうかなーと思って」

と、すでにそう決めているという口調で告げた。

「や、おねえちゃん」

妹がもの言いたげな顔つきでわたしを見た。

（入院中の水やりくらいなら、あたし、やるけど？）

「近所だったら、頼みたいところなんだけどねえ（なんか申し訳ないじゃん。忙しいんでしょ？）」

「ていうかさー」

妹がこどものころのように、わずかに頬をふくらませた。

（そういう身辺整理みたいなこと言うとかさー）

「んー、でも、やっぱり気がかりなんだよね（潰《つぶ》せる気がかりは潰しておきたいっていうか）」

往復一時間半もかけて妹に水やりをさせることも、花を見るたびに、うっすらとだが、もう二度と見られないかもしれないと思いかけてしまうことも、「最後までめんどうみてあげられなくてごめんね」とかなんとか言いそうになることも、丹精した花にまた会えるようがんばろうと「前向き」という言葉を太字で書くことも、鉢のなかでもしっかりと根を張り、伸びていこうとする植物と自分自身とをかさね合わせて胸がいっぱいになることも、わずらわしかった。

ことの重さというか大きさというか、現にわたしの身に起きていることを正確に摑《つか》めないような、そんなもどかしさで、つねに足の先や、手の先が湿っている感じがする。

ステージⅡ。胃の粘膜の深いところまでには達していないようなのだが、近くのリンパ節に、いやなものがひとつ認められた。術後は敵を叩く薬をのんだほうがいいと言われたが、ステージも、転移の数も、お腹をあける前の話である。あけてみなければ分からない部分があるらしい。

片がつけられるものはつけておきたい、と思った。そうしたら、ちょっとは心持ちが軽くなるかなと。

「なんて言うのよ？」

妹が少々とがった声をだした。

「おかあさんに。なんて理由つけて、花をあずかってもらうの？」

母には、ひとまず内緒にしておこうと話がまとまっていた。隣県でひとり暮らしをしている母は、あちこちガタがきていると言いながらもすこぶる元気だった。車庫を解体、撤去してつくったスペースで家庭菜園に精をだしていた。花も好きだ。室内はもとより玄関先にも鉢をならべている。とはいえ年齢的には後期高齢者。心配はかけたくなかった。

「そこなんだよね」

いろいろ考えたのだが、うまい理由を見つけられずにいた。いまのマンションは四年前から住んでいた。ペット飼育は禁止だった。動物がだめなら植物でも、というきもちではじめたガーデニングだった。そのあたりの経緯は母も妹も知っていた。

「ペット飼育可のマンションに引っ越すから、とか？」

言っておいて、妹はすぐに自分の意見を否定した。

「だめだね」

「うん、だめだね」

引っ越さないし、飼わないし、とつづけたら、頬が突っ張る感覚があった。口を開け閉めしたら、顎がちいさく鳴り、複雑な模様が顔に浮きあがった気がした。病気はお金がかかる。むだな出費はおさえておきたい。もしも引っ越さなければならなくなったら、それはマンションを手放して、実家に戻るということだ。

「『飽きた』って言えば？」

「え？」

「『もう、飽きちゃった』って。おねえちゃんの得意文句」

声も顔つきもたんたんとしたものだった。いじわる一辺倒で言っているのではなさそうだったが、どことなし恩を売るような印象があった。もしもわたしが実家に戻らなければならなくなったら、よりどころになるのは妹だ。

父と同じく教職についた妹は、清くただしく美しい生活を送っている。不真面目なことや、だらけることができない性分らしく、つねに明日——ひいては将来——のために準備し、行動する。三度の食事をバランスよく、しかも時間どおりにとるタイプで、嗜好品《しこうひん》には興味がないようだった。つまり、男も、酒も、過ごすということがない。

歳をとっていくにつれ、頼もしいと思うようになった。ひとさまから後ろ指をさされない生き方をつらぬいているのは、りっぱである。

「そうだね」

脂っ気のない笑い声を大きめに立てた。

「それがいいかもしれないね」

参りました、というふうにうなずいた。これまでのこと、が、胸を通り抜けた。


高校を卒業して臨んだ大学受験はあらかた失敗し、滑り止めのひとつだった私立の女子大に進んだ。やっぱりつまらなくて、夏休み前には退学した。予備校に通い、翌年、どうにか志望校に合格できた。わりあい有名な私大である。

二年生の終わりごろ、大人ぶってちょくちょく訪れていたバーの店主とできてしまうまでは真面目に通学していた。ほんのちょっとしょぼくれた細いたれ目が色っぽかった三十いくつの店主に、仕込みがいがあるとささやかれ、家をでた。いっしょに暮らし、情人気取りでその店を手伝うようになってから、大学に行かなくなった。

二年も経たず、店主に好きな女ができた。

店主のことは、もう、そんなに好きではなかった。いつまでも付き合う相手とは思わなくなっていた。だが、それまでにいっしょに過ごした時間が惜しくなった。いわゆる「捨てられる」というのも悔しかった。

なにより腹立たしかったのは、いままでありがとうとか、おまえの青春をうばってしまったとか、ごめんよとか、おれはどうしようもないやつなんだとか、いやにしんみりとした雰囲気をつくって別れを切りだされたことだった。そのいっぽうで、その雰囲気に乗ってあげないのはわるいと思った。かといって、髪をふりみだし、鼻水をたらし、声を張りあげ、ごねるのはみっともない。

結局、店主に恥をかかせない程度にはあらがったのち、別れをのんだ。少ない荷物をかかえ、おめおめと実家に戻った。もう、飽きちゃった、と笑ったら、父に引っぱたかれた。親は大学の授業料を払いつづけていて、なんとか卒業させようとあの手この手でわたしを説得したのだが、わたしは言うことを聞かなかった。「飽きちゃった」と繰り返し、大学をやめた。

その後、あちこちでバイトをした。おもに飲食店などのサービス業だった。どこに行っても気に入らないことがあり、無断欠勤をかさねては、そのままやめた。

二十五、六で働きだしたちいさな広告代理店で、初めて長つづきした。ようやく落ち着いたと親も妹も安心したようだった。わがことながら、わたしも安心した。ちょっとくらいいやなことがあっても我慢し、たまに愚痴をこぼしながらも、毎日通勤する、まっとうなひとになれた気がした。

そこでは一年以上、働いた。やめるときは、きちんと手つづきをした。私事都合とはいえ結婚退職だったから、職場でも家でも、祝福された。夫となるのは取引先の二代目で、ゆくゆくは中堅どころの製麺会社を継ぐ人物だった。

黒くて太い眉を持つ、ずんぐりとした体形の二代目は、わたしよりひとまわり歳が上だった。知り合ったときからわたしへの好意を隠さなかった。実直な男らしさを恃《たの》みにして、まっしぐらに向かってきた。ふたりでいても、さほどセクシーな気分にはなれなかったが、あたたかなきもちにはなった。このひととなら穏やかに暮らせそうだと思ったし、無事に歳をとっていけそうだと思った。二十代にしては少々老けた考え方かもしれないが、わたしは、もっと、ゆるぎなく、落ち着きたかった。

先代が亡くなり、夫が社長になったのは、わたしが三十一になる年だった。結婚して四年。こうのとりのご機嫌がよろしくないようなので、そろそろ本格的に不妊治療に乗りだそうとしたころだ。しかし、こどもができたのはわたしではなく、よその女のほうだった。

異業種交流会で出会ったというその女は総合病院の理事長の娘で、高級住宅街の一角で保育園を経営していて、四十に手が届く年齢だった。離婚歴はあるものの初めての妊娠らしく、産むと言って聞かなかった。ひとりで育てるとも言ったらしいのだが、実直な男らしさを恃みとする夫はそれをよしとしなかった。彼女の親もまたひとり娘が（経緯はともかく）シングルマザーとやらになることをよしとしなかった。ずいぶん揉めた。

話し合いをかさね、日が経つうちに、離婚に応じないわたしがいちばんわるい、という気配が濃くなった。わたしがうなずけば、すべてまるくおさまるのに、の、「のに」の部分が、女のお腹のように大きくなった。わたしの親も妹も疲弊して、もういいんじゃないか、という意見でまとまった。まだ若いんだから。いくらでもやり直せる。

離婚になかなか応じなかったのは、要は女の意地というもの。申し訳ありませんと言いながら胸を張る、かわらけみたいな肌をした女と、良家の子女で有能で都会的な大人の女性とお腹のこどもをぼくが守ってあげるんだ、とナイト然とする夫が、憎かった。

こどもができるまでに、ふたりの仲を察知できなかったのは、わたしの夫への愛情が薄くなっていたからなのかもしれない。もしかしたら、もともとそんなに深くなかったのかもしれない。ゆるぎなく落ち着くために必要なひとではあったが、「必要」を「恰好」に置き換えてもよさそうで、ゆえに、ごねているのは慰謝料をつりあげるためだ、と噂されるのは、あながち見当はずれではなさそうだった。わたしにかんしていえば、世間のささやく中傷はなかなかいい線をいっていた。だから、堪えた。それだけでは決してない、と言いたかった。

そこでチョピンを呼びだした。

わたしは、だれかに、わたしの言い分をそっくり受け止めてもらいたかった。なぐさめてほしかったし、はげまし、力づけてほしかった。とはいえ、だれでもいいわけではない。そのとき、わたしの頭にはチョピンしか浮かばなかった。

チョピンは近所の酒屋の若女将《わかおかみ》だった。わりあい親しくしていた。歳はわたしよりいくつか上で、ふたりの子持ちだったが、あまり思慮深いほうではなかった。とにかくわたしの言うことには一も二もなく賛成する方針でいる女だった。

本名は忘れた。チョピンというのは、音楽会のチラシを見せて誘ったときに、わたしがつけたあだ名である。へえ、クラシック？　彼女はチラシを受け取り、ちょっと気取ってわざわざ横文字で書いてあるところを音読しようとし、ショパンをチョピンと読み間違った。

「ほんとうに、ほんとうに、うまくいってたのに」

わたしの部屋で出前のうな重を箸《はし》でつつきながら、チョピンにきもちを打ち明けた。

「妻として落ち度はなかったつもり」

家事も手抜きはしなかったし、夫が元気に働けるよう健康にも心をくばったし、疲れているときは足の裏をマッサージしてあげたし、と語った。チョピンは割り箸にくっついた米粒を舌で舐《な》めとったり、お新香をいい音をさせて齧《かじ》りつつも、真剣なおももちで律儀にうなずき、同意をしめした。

「ただ、こどもができなかっただけで」

「うん」

「でもそれはわたしのせいじゃないでしょ？」

「うん」

「わたしのどこがいけなかったのか、分からないの」

「うん」

「なのに、どうして別れなくちゃいけないの？」

「うん」

「好きとかきらいとかそういうの、もうほとんどないようなものだけど、でも、夫婦ってたいていそうじゃない？」

「うん」

「あるのは情でしょ？」

「うん」

「つまり恋愛の『愛』の部分よね。『恋』のあとにゆっくりと育つもの。あっちのふたりは、いま、怒濤《どとう》の『恋』をしているみたいな気でいるけど」

「うん」

「結婚してるひとと分かって付き合っておいて、こどもができたからって、大きな顔で表舞台にでばってくるのって、なんかちがうと思うんだけど。そんなひとを寄ってたかってちやほやするのも、なんか、ちがうと思うんだけど」

「うん」

「こどもができるって、そんなにえらいの？」

「うん」

「『恋』と『愛』では『恋』のほうに分があるってわけ？」

「うん」

「わたしはおとなしく身を引いたほうがいいってこと？」

もう、どうしていいのか分からない。箸でつつきまわしただけのうな重をわきにずらして、うつむいた。

「うーん」

チョピンは箸を置き、ズズズとお茶をすすった。

「捨ててやるって思えばいいと思う。こっちのほうから願い下げだよ、って感じで。勝手にすれば、みたいな」

うん。チョピンはうなずき、こうつづけた。

「生まれてくるこどものためじゃないよ。ご主人のためでもないし、相手の女のひとのためでもない。美郷《みさと》さんのために、そうしたほうがいいと思うんだ」

「わたしのため？」

「いちばん傷ついているのは美郷さんだもん。長引けば、もっと傷つく。美郷さんはね、もっと自分にやさしくしてあげたほうがいいんじゃないかなあ」

「ひとりになるのはいいの。ただ、やっていけるかどうかっていうか、仕事があるかどうかすごく不安で……」

「ふんだくれるものは、ふんだくればいいんだよ」

「でも、それだと……」

「周りがなんて言うかなんて関係ないよ。美郷さんにはその権利があるんだからさ」

「ほんとにそう思う？」

「うん」

チョピンは深くうなずき、

「だれかがどんなに酷いことを言ったって、あたしは美郷さんの味方だよ」

と胸を叩いた。わたしは涙がでそうになったが、がんばってにっこりと笑い、お礼を言った。チョピンと無二の親友になった気がした。チョピンもそう思っているのが分かった。

今後の人生について話し合ううち、話題が「恋」に移った。わたしは学生時代のバーの店主との一件をかいつまみながらもやや誇張して話した。あんな恋はきっともう二度とできないというような。そんなことないよ、美郷さん、きれいだもん、という言葉を期待しつつ。

期待どおりの言葉をチョピンからもらい、そうかな、そうだよ、とくすくす笑ったのち、チョピンが居住まいをただした。ファンデーションを薄くのばし、口紅をひいただけの——あらかた取れていたが——まんまるい顔をきゅうっと引き締めて、言った。実は。あたし。

「彼氏、いるんだ」

「え?」

「不倫っていうか、そういうの」

……ああ、そうなの、と腑抜《ふぬ》けた声がでた。相手はアルバイトの大学生だという。その男の子なら何度も見かけたことがあった。太い首に膿《う》んだにきびをいくつもこさえた、厚い胸板のぼうやちゃんだ。

「美郷さん、ごめんね。ごめんなさい」

チョピンが頭をさげた。

「わたしに謝られても」

口もとをゆるめ、さようならをするように両手をちいさくふった。チョピンは、たぶん、だれかにごめんなさいと言いたかったのだろう。そしてゆるしてもらいたかったのだ。その「だれか」に、おそらくわたしは適当だったのだと思う。配偶者を裏切っているチョピンは、配偶者に裏切られたわたしからゆるしをもらいたかったのではないか。

「好きになっちゃったんだから仕方ないんじゃない？　どうしようもないことなんだもの」

チョピンの手にそっと手をかさねた。チョピンの手の甲にはちっちゃな擦り傷がいくつもあった。皮膚もかさついていた。ふしくれだった短くて太い指の付け根のほうには毛がはえていて、深く切った爪に垢《あか》がたまっていた。

チョピンに話を聞いてもらっても、きもちは軽くならなかった。むしろじょじょに重たくなった。胸のなかに投げ込まれた鉛の玉が増え、そして肥えていくようだった。

「こどもができたからじゃないんだ、惚れたんだ」

夫の口からでてきた言葉を繰り返し思いだすようになった。いっこうに態度を変えないわたしに苛立《いらだ》った夫が家をでていったときの捨て科白《ぜりふ》だ。だから、仕方ないんだ、どうしようもないことなんだ、と言いたいようだったが、「だから」の意味が分からない。その「だから」はずいぶんと自分勝手な「だから」である。

なぜ、同じ言葉をチョピンに言ったのか、自分でも説明がつかなかった。だが、自分の言ったその言葉を、先代が買ってくれた３ＬＤＫのマンションの寝室で、ひっそりと、口のなかで反芻するうち、チョピンがどうしてもゆるせなくなった。

チョピンがひとりで店番しているときをみはからい、酒屋を訪ねた。夏ではなかったが、チョピンはうっすらと汗をかいていて、硬そうな髪の毛が襟足に張り付いていた。訊くと、アルバイトの男の子はチョピンの夫と配達に行っているという。

ざっくばらんな女同士のひそひそ話のふりをして、チョピンに彼氏とのあれこれを訊《たず》ねた。デートは週なん回？　どこで会ってるの？　なん時ころ？

チョピンは、やだ、そんな、ともじもじしながらも、だらしないほどゆるんだ表情で、すっかり話した。そこに、あそびに行っていたこどもたちが帰ってきた。小学校二年生と三年生の年子の姉弟《きょうだい》は、同じ年齢差である薬局の姉弟となかよしで、毎日、どちらかの家であそんでいると知った。

薬局の奥さんにチョピンの恋を知らせたのはそれから数日後だった。スーパーで会って、わたしから挨拶《あいさつ》をした。わたしは町内では噂の人物だったから、薬局の奥さんは愛想よくしていたけれど、困ったなあ、というように時折表情をかげらせた。奥さんは自分のこどもとチョピンのこどもの四人を連れていて、表情をかげらせるたびに、こどもたちに声をかけた。

スーパーからの帰り道、チョピンはたくましいからだをした若い男にすっかりのぼせあがっている、と、その若い男の張り切った性的能力と、腰痛持ちでじじむさい容貌のチョピンの夫とを暗に対比させて話した。四人のこどもたちの弟組は、鬼ごっこのようなものをやっていて、ゆっくり歩くわたしと薬局の奥さんの先になったり、後になったりしていた。お姉さん組はぺちゃくちゃとおしゃべりしながら、わたしたちの少し後ろを歩いていた。

弟組は駆け回っていたが、お姉さん組にはわたしの声がところどころ聞こえたらしい。おしゃべりをやめ、わたしたちとの距離を詰めはじめた。じっと聞き耳を立てているようだった。

わたしは、彼女たちによく聞こえるように、隣町にあるラブホテルの名前と、曜日と、時間を口にした。すると、チョピンの娘がこらえきれずに泣きだした。自分のおかあさんがとてもいやらしくて、とてもわるいことをしていると分かったようだ。

薬局の奥さんは、うそよ、うそよ、冗談よ、とチョピンの娘をなぐさめた。奥さんの娘もチョピンの娘の顔をのぞきこみ、母親の言葉を真似《まね》た。どちらの声にもみょうな抑揚がついていて、こころをこめてその場しのぎをやっています、というふうだった。

「うそだと思うんなら、おとうさんと行ってみればいいんじゃない？　その目でたしかめてみれば、うそかどうか、はっきりするでしょ？」

わたしは、めそめそと泣くチョピンそっくりのチョピンの娘に、そう言った。わたしのくちびるの動きがよく見えるように、チョピンの娘に顔を近づけ、隣町にあるラブホテルの名前と、曜日と、時間をゆっくりと繰り返した。

ほどなくして、わたしは離婚に応じた。急転直下、離婚をのんだわたしを、家族はほっとしながらも訝《いぶか》しんだが、わたしは「もう、飽きちゃった」と髪をゆすり、かれらを煙《けむ》に巻いた。

夫からも、女の親からもまとまったお金をもらった。そのお金でワンルームのマンションを買った。人間ドックの受付係という職を得て、新しい人生を軽快に歩みはじめた。
総合病院がおこなっている人間ドックだったので、職場には医師がたくさんいた。そのうちのひとりとわけができ、四、五年つづいた。呼吸器科の医師だったその男は妻子持ちで、男ぶりはよかったが、用心深いところがあった。家庭を捨てる気はないと、ことあるごとに、だらだらとわたしに言いふくめた。

かえってファイトが湧いた。ときに尽くし、ときに冷たくしたりして、男をわたしに夢中にさせようとした。おおよそうまくいった。不測の妊娠をすべくあれこれ画策もしたが、これはうまくいかなかった。たぶん、わたしは、こころのどこかで、夫をうばったあの女と張り合っていたのだと思う。

男はわたしを可愛いと思っているようだったし、手放したくなさそうだったが、妻子を捨てるほどのめりこもうとはしなかった。これ以上、事態は動かないのだろうな、どうしようかな、と、敗北感にまみれた潮時という言葉を胸に浮かべていたころ、出会いがあった。人間ドックを受診しに来た六十代半ばの弁護士である。かれは、ハッカ色の検査着のまま、わたしをその夜の夕食に誘った。高級な中華料理店で、なん年か前に妻をがんで亡くした、と聞いた。

その夜から付き合いはじめ、じき、いっしょに暮らすようになった。かれの跡取りの息子、大学教授に嫁いだ長女、一流商社に勤める次女、皆、父親がわたしと付き合うことにいい顔をしなかった。いい歳をして恥ずかしい、というのがおもな理由で、かれらにしてみれば、わたしは財産目当てで父をたぶらかしたわるい女になるようだった。

かれらは父を真面目な人物と信じていたが、実際は、そうではなかった。けっこうなあそび人で、わたしと付き合っているあいだも、一年に一度は、よその女に手をだした。そのくらいの年代にしては上背があり、つやのある半白の髪をオールバックに撫でつけ、いたずらっこみたいな目をして女を誘うかれには、独特の可愛げがあった。

わたしはかれが浮気をするたび、相手の女のところに乗り込んで、もう会ってくれるな、と申し入れた。あたしは別に別れたっていいんだけど、とかれのほうが自分に首ったけだとうそぶく女もいたが、結局は別れることになった。

かれは、わたしにお灸《きゅう》を据えられるのがとても好きだったのだ。わたしがよその女を蹴《け》ちらすのを見るのも好きだったようだ。もしかしたら、わたしのそのすがたを見たくて、いいかげんにしなさい、と叱られたくて、浮気を繰り返していたのかもしれない。亡くなった妻はじっと耐えるタイプだったと聞いた。

別れたのは、かれが脳梗塞《のうこうそく》で倒れ、意識が混濁していたころだった。かれのこどもたちに病室から追いだされ、会えなくなった。かれらは、わたしのせいで父が病気になったと、そのような言葉をみにくい顔つきで投げつけた。

たしかにかれとは、日が高いうちからいっしょにたくさんお酒を飲んでいた。食事時間も不規則で、お腹がすいたときに、食べたいものを食べられるだけ食べるという状態だった。ふたりともタバコをすぱすぱすっていたし、歯もみがいたり、みがかなかったりだった。

すべてかれがのぞんだことだった。七十を超えたあたりから、かれは女あそびをしなくなり、代わりに、自堕落な生活をすすんで送りたがった。仕事を引退した時期とかさなる。「しなければならないこと」がなくなり、ぞんぶんに羽を伸ばしたくなったのだろう。毎年受診していた人間ドックにも行かなくなった。軽い糖尿病をわずらっていた上に高血圧だったし、血管にはいくつかプラークがあったのだが、定期通院もしなくなった。どんちゃん騒ぎで死に向かっているようなものだった。

わたしがかれの意向に添ったのは、わたしにもだめになっていきたい部分があったからだろう。

バーの店主とセックスに明け暮れていたころの、ねぎのきれはしや、マヨネーズや、しょうゆのあとのついた洗い物でいっぱいの薄暗くてちいさな流しの映像が、切手のように胸に貼り付いていた。蛇口からぽとぽとと水滴が落ちるさまがいつまでも、いつまでも、繰り返される。

その映像は、わたしのなかで、自由というものの象徴だった。

わたしにとって、自由というものは、だめになっていく——だらしなくなっていく、刹那的になっていく、要は堕《お》ちていく——ことにひとしかった。もともとわたしの持っている「だめなもの」が外にでて行き広がっていく感じがして、嫌気もさすし、こんなことをしていてはいけないと焦《あせ》るのだが、それもふくめて、ねっとりと心地よかった。

かれのこどもたちに、病床のかれと会えなくさせられたときも、なんとしてもかれを看取りたいと思うきもちと、めんどうなことをしなくて済んだと思うきもちがないまぜになり、やはり、柔らかでつめたくてほんのちょっと湿った蛇に絡みつかれるような心地よさが這《は》いあがってきた。

ワンルームのマンションは貸していたし、勤めはとっくに辞めていたので、住む場所が見つかるまで、実家に世話になった。親にも妹にもくわしいことは言わなかったが、だいたいのところは察していたようだった。男と揉めて帰ってきたのだろう、という雑な察しようだと思うのだが、そんなにはずれてはいない。

「飽きたんでしょ?」

妹に訊かれ、

「うん、飽きちゃった」

と答えた。

そのそばで母がため息をついた。父は、わたしが結婚してすぐに亡くなっていた。わたしがもっとも落ち着いていたころだ。言いかえれば、もっとも不自由だったころ。母と妹とで三交代制をしき、父の看病をした。婚家でも義姉と協力し合い、先代を看取った。先代の妻は亡くなっていたので、葬儀では喪主の妻として、こまごまとした用をこなした。

ちっともめんどうだとは思わなかった。そういうもの、と頭から信じていたし、ことに父には心配をかけたという思いがあったから、残り少なくなった時間をできるだけそばで過ごしたかった。残り少なくなった時間を、少しでも延ばしたかった。それはそれで心地よかった。やるだけのことはやった、と思えるよう努める心地よさが、しんしんと積もっていって、見送ったときには、胸のうちに真っ白な雪景色が広がった。清潔なながめだった。

かれが亡くなったのは新聞のお悔やみ欄で知った。葬儀にはでなかった。きっと追いかえされると思ったし、上等な黒いスーツを着込んだ紳士たちがあつまって、厳かに故人をしのぶ社会的な儀式にわたしが参加するのはおかしいと思う。

そうかあ、死んじゃったかあ。

胸のうちでつぶやいたら、空き缶を爪ではじくような音が立った。アルミの鍋に水滴があたる音に似ていた。湯船につかり、どっと泣いた。泣きやんだら、ふしぎとせいせいした。そんなことを繰り返しているうち、思いだしても泣かなくなった。

代わりに、だんだんと、心持ちが淀んでいった。底にたまった泥のせいで、どんよりと濁った水が、胸のうちでじっとしていた。ほんの少し澄んできたのは、かれの財産を相続することになってからだ。かれは遺言書をつくっていて、ふたりで暮らしていたマンションと、預貯金の一部をわたしに譲った。

借り主との賃貸契約が切れたワンルームマンションと、かれから譲り受けたマンションを売り、２ＤＫの古いマンションを買った。一般家庭や企業を訪問し、清掃用品をレンタル、販売する仕事を見つけ、働きはじめた。これからは、ひとりでちゃんと生きていくぞ、と意気込んだ。それが四年前。

ずいぶんとまあ、散らかった半生である。

暮らしぶりも、そのときどきの心持ちも、うんとこさ散らかっていて、まとまりがない。それでもこの四年間は落ち着いていていた。結婚していたころのような、型にはまったというか、みずから型にはまりにいったというか、そういう落ち着きようではなかったから、不自由は感じなかった。退屈でもなかった。花以外の贅沢はせず、つましく生活していた。かれが遺したお金はまだあったが、それは固定資産税など、パート収入だけでは払いきれない支出にあてた。利殖の才覚などないから、預金は減っていくいっぽうだった。先細りは目に見えていたが、にっちもさっちもいかなくなるまでは、のんきでいようと決めていた。そもそも、天からふってきたようなお金である。

学生時代、会社員時代、専業主婦時代、人間ドックの受付時代。折々、親しくなった友人はいたが、環境が変わったら、疎遠になった。わたしのほうから連絡を絶った。新しい生活がはじまると、「むかしのわたし」を知っているひとに会いたくなくなる。

ここ四年でできた知り合いは、バラエティにとんでいる。知り合うきっかけは、職場だったり、たまに行く安い居酒屋だったり、同じマンションの住人だったり、陶芸やそば打ちなんかの体験クラスだったり、パソコンの講習会だったりする。同年代やちょっと上の男から、冗談と本気との中間みたいなタッチで言い寄られることはあったが、乗らなかった。そういうのは、もういい。

腿の上に置いたスマホを手に取った。留守番電話のアイコンを押し、画面をひらく。覚えのない番号をながめているうち、見つめる、というまなざしになる。妹との会話、散らかった半生をまた一から早回しで思いだす。

妹に弱音は吐けなかった。ちいさいころは別にして、妹とのあいだには、つねに一定の距離があった。妹もわたしと同じで、紋切り型のやさしい言葉は使いたがらない。「タバコ、やめたんでしょうね」くらいがせいいっぱいなのだ。

新しい知り合いとは、もっと距離を置いている。深い話はしないようにしている。なるべく楽しいむだ話に終始して、おたがい、もっともデリケートな部分にはふれないようにしていた。なので、あのひとたちにも、やっぱり、言えない。言ったら、紋切り型のやさしい言葉でなぐさめ、はげましてくれると分かっているのだが、だからこそ言えない。

その手の言葉をせがんでいるようで、きまりがわるい。なんとなしではあるのだが、どの面さげて、と自分を罵《のの》りたくなる。ていうか、自業自得なんじゃないの？　手術することになったのも、こころをゆるせる友だちがいないのも、とどのつまりは、みんな、わたしの不徳のいたすところっていうやつなんじゃないの？

覚えのない携帯の番号から目を離し、タバコをくわえる。

火をつけずに、前歯で噛んで、上下に動かす。

もしも、チョピンからの連絡だったら、という思いが消えない。

あれからチョピンがどうなったのかは知らなかった。浮気がばれて酒屋を追いだされたか。悶着のすえ、水に流して、それまでどおりの暮らしをしているか。あるいは、薬局の奥さんも娘も口をつぐみ、なにもなかったことになっているか。逆に言いふらされて、追いつめられたきもちになり、みずから家庭を捨て、バイトの学生と手に手をとって出奔したか――。

チョピンを思いだすたびに考えた、いくとおりかの「その後」が頭をよぎる。どうなっていたとしても、チョピンがわたしを恨んでいるのはたしかだろう。チョピンの娘にも恨まれているはずだ。娘はチョピンもきっと恨んでいる。むしろそちらの恨みのほうが強いはず。あのとき、わたしは、チョピンの秘密を、ほかのだれよりチョピンの娘に教えたかった。チョピンを憎めばいいと思った。自分の娘に、憎まれ、蔑《さげす》まれたらいいと思った。一生。

タバコに火をつけ、深くすいこむ。唾液で濡れた吸い口をしげしげとながめ、チョピンがいま、どのような場所にいて、どのような暮らしをしていて、どこでどうやってわたしのスマホの番号を調べたのかをしばらく想像してみる。

実はね、と打ち明けたわたしの話を、うん、うん、と聞き、タバコはやめろ、とか、夜風になんかあたってないでもう寝ろ、とか、お節介をひとしきり焼いたあと、あなたがいなくなってはいけない、というようなことを言うチョピンの声をおそるおそる想像した。いや、あなたなんか早くいなくなってしまえばいい、でもいいのだ。ざまあみろだね、でも、わるいけど同情しないよ、でも、いい気味だ、でもいい。

チョピンの話に耳をかたむけるわたしも思い浮かべた。うん、うん、と声がでる。うん、うん、とうなずき、頭のなかで謝る隙間を探りながら、いずれにしても、虫のいい話だと思った。ちょっと深刻ぶっているだけだ。

地元裁判

1

亜子《あこ》ちゃんは自由研究のテーマに望月姉妹を選んだ。小学四年生の夏休みだった。

望月姉妹とは、行き合えば挨拶をする程度の付き合いだった。亜子ちゃんにとっては「なんとはなしの顔見知りである大人たち」にすぎない。だが、気になる。望月姉妹はご近所でいちばん気になる存在なのである。

亜子ちゃんの住む地域は、大きなまちに隣接している。いわゆる新興住宅地で、もとは農業や牧畜が盛んだった。

農家や牧場主が次々と土地を売り、まず団地が建った。それから一戸建てが建ち始めた。追いかけるように学校やレンタルビデオ店や病院が建ち、コンビニも百円ショップもスーパーもカラオケボックスもできた。

村から町、そして市になり、名称が変わった。ひらがなで書く、柔らかな名称は一般公募で決まったものだった。それを機に、市役所やコミュニティセンターが建設された。行政主導により、にぎやかなお祭りも誕生した。すべて、亜子ちゃんが生まれる前のできごとである。

亜子ちゃんが知っているのは、「わざわざ大きなまちに出かけなくても、ほとんどのことは生活圏内でまかなえる人口五万人のまち」というすがただった。それを亜子ちゃんは「大きなまちとくらべたら田舎っぽいけど、ものすごく田舎ってわけじゃない」と捉《とら》えている。つまり、普通だと。

亜子ちゃんのいう「田舎っぽさ」とは高層ビルや百貨店や大きな駅や映画館がないことで、「ものすごい田舎」とは人家のほかに目立つ建物のない、空気のきれいそうなところだった。

夏はガーデニングで玄関先を飾り、冬はイルミネーションで壁や窓をピカピカ輝かせる一戸建ての合間にアパートがちらほら建つ住宅街で、亜子ちゃんは生まれ育った。

亜子ちゃんの知るかぎり、住民はみんな家族で暮らしていた。親二+こども一〜二(+犬か猫)がもっとも多い。というか、大多数を占めている。あくまでも「亜子ちゃんの知るかぎり」なのだが、次に多いのは老人一〜二(+犬か猫)だ。これは大人になったこどもが家を出て行ったあとの形態で、やがて、たぶん、無人になる。

だれもいなくなった家が取り壊され、地面がまったいらになったと思ったら、新しく家が建ち、そこにちがう家族が引っ越してきたケースを亜子ちゃんは見たことがあった。

アパートに住んでいるのは、おもに若い大人だった。構成は、家族か夫婦。亜子ちゃんのパパやママの奥歯にものが挟まったような言い方を翻訳すると、まだお金が貯まっていないか、一生貯まらないひとびとだ。独り暮らしのひとたちもいる。だが、そういうひとたちと亜子ちゃんとの接点はない。

望月姉妹は一戸建てに住んでいた。ふたりが暮らしているのは、亜子ちゃんの行動範囲のなかではダントツで古くて大きな家だった。

ほかの家の倍くらいの大きさで、庭は三倍から四倍といったところ。ほかの家の壁は白い土のようなものか、きれいにペンキを塗った木材なのだが、望月姉妹の家の壁はブラックチョコレートみたいな色の木材。腐りかけているようだった。たくさんある四角い窓の枠も同様だった。ガラスがこってりと曇っているので、分厚く見える。

全体的にそこはかとなく傾いている家は、舗道から相当奥まって建っていた。苔《こけ》のはえた楕円形の石がゆるやかなカーブをえがいて敷かれていて、それが舗道から望月姉妹の家までの道筋をつくっていた。道筋の両側は庭なのだが、草や樹木がワイルドに生い茂り、森林の様相を呈していた。

ゆえに亜子ちゃんがながめているのは、森林の向こうに覗《のぞ》く望月姉妹の家の一部だった。煤《すす》けた色合いの赤い屋根に設置されたパラボラアンテナ。それを認めるたび、亜子ちゃんは、望月姉妹もテレビを観るんだ、と毎度驚く。

古ぼけた揺り椅子をギーコギーコと揺らしながら、つまらなそうにテレビを観る望月姉妹を想像する。望月姉妹は、きっと、二脚の揺り椅子をテレビに向かってハの字に配置している。その揺り椅子には手触りがよくて光沢のある（でも、もはや擦り切れている）布地が張ってあり、色は血のような深紅——。

亜子ちゃんの頭のなかの望月姉妹の部屋は、黒いカーテンがかかっているせいで薄暗い。家具は豪華だけれど、どれもこれもめっぽう古くさく、かびくさい。テーブルの上には水晶の玉やドクロがさりげなく置かれている。首飾りや指輪など、ぎゅうぎゅう詰め込みすぎて蓋《ふた》が閉まらない宝石箱もある。

望月姉妹は魔女ではないか。

昨年くらいまでは単純にそう思っていた。そんな話を友だちとしたこともある。

学校帰りに、ふと亜子ちゃんが口にしたら、「あたしもそう思ってた！」「あたしも！」と賛同の声があがった。亜子ちゃんたちは道ばたから近くの公園のベンチへと河岸《かし》を変え、「望月姉妹のどのへんが魔女っぽいか」を熱心に語り合った。

まず、家の雰囲気。住宅街にあるのに「人里離れた」感じがただよう。「決して近寄ってはならぬ」という空気を発している。

姉妹ふたりっきりで住んでいる点も怪しい。実年齢は知らないが、亜子ちゃんたちからすれば、望月姉妹は完全に老人である。兄弟姉妹で暮らす老人など聞いたことがない。老人だけで生活しているのは、こどもが成長し、家を出て行ったあとの夫婦のみだ。

さらに風貌。望月姉妹はふたりそろって顎が長い。しかも、とがっている。目も大きい。くぼんだまぶたに、ものすごく広い幅の二重の皺《しわ》が入っている。皮膚はやや黄ばんでいて、カサカサと音がしそうだ。

服の色はいつも黒か、黒っぽい。布地を大量に使った、だぼっとしたシルエットのものが定番なのだが、よくよく見ると、ひじょうにややこしいデザインみたいだ。

「風船みたいなかたちのズボン、はいてたよ」

「背なかに爪で引っ掻かれたような穴が空《あ》いてた」

「ポケットから、ポケットを引っくり返したような布がはみ出てた」

「あれはこのへんで買ったものじゃないね」

「じゃあ、どこで?」

「……地獄、かな?」

「魔界じゃない?」

亜子ちゃんたちは、望月姉妹を見かけるたびに情報を持ち寄り、推論した。スーパーで目撃したときは、望月姉妹がなにを購入したのかも報告し合った。

「舌をぺろぺろさせながら、なま肉を選んでたよ」

「え、なま肉？」

「あと、目玉のついたマグロの頭」

ひえー、と亜子ちゃんたちは身震いし、それはいったいどんな魔術に使うのかと想像をふくらませた。

数日間はけっこう緊張して過ごしたものだ。

亜子ちゃんたちが下校しようとしたら雷鳴がとどろき、大雨が降ったときなどは、「……やっぱり」と顔を見合わせた。席替えで乱暴者の男子の隣になったときや、図工の時間に筆洗いを引っくり返し洋服をよごしたときや、分からない問題を先生にあてられたときも、「……やっぱり」と思った。やっぱり、望月姉妹に呪《のろ》いをかけられてしまった。

2

亜子ちゃんたちの活動はそんなに長くつづかなかった。

望月姉妹がなかなかシッポを出さないということもあったし、亜子ちゃんたちがちょっぴり大人になったということもある。

よく考えると、スーパーでなま肉を買うのはあたりまえだ。グルメ番組でマグロの兜煮《かぶとに》なる料理も知った。それっぱかりのことで盛り上がっていた自分たちが恥ずかしくなったのだ。

けれども亜子ちゃんは、依然として望月姉妹に疑いを持っていた。

たまに見かける望月姉妹は決まってふたりいっしょである。「こんにちは」と挨拶すると、ふたりそろって顔をかたむけ、「あら、こんにちは」と合唱する。

たまにずれるが、身振りも言葉も、だいたい同じタイミングだ。息が合いすぎている。いくら姉妹だからといって、仲がよすぎるのではないのだろうか。望月姉妹は、手をつないだり、腕を組んでいることだってあるのだ。

亜子ちゃんには妹がひとりいる。ふたつちがいだ。仲よくあそぶこともあるが、取っ組み合いのけんかをすることもある。亜子ちゃんは、もう、そんなに妹と行動をともにしたりしない。友だちといるほうが断然たのしい。

妹と連れ立って出かけるとすれば、近所に住むおじいちゃんの家を訪ねるときくらいだ。あそびに行くと、おじいちゃんはかならずお菓子やジュースで歓待してくれ、ちょっぴりだけどお小遣いをくれる。亜子ちゃん姉妹はそれを知っているから、片一方がおじいちゃんの家に行こうとすると、抜け駆け禁止とばかりにもう片方がくっついて行くのだった。

こどものあたしでさえ妹とはめったにいっしょに出かけないのに、老人の望月姉妹があんなにいつもべったりふたりで寄り添って行動するのは、おかしい。

たとえば、亜子ちゃんのパパにはおねえさんがいて、ママには弟がいる。だが、パパもママもきょうだいで行動することはほとんどない。そもそも顔を合わせる機会が少ない。一年に数回だ。パパとママは、まだ老人ではない。でも、老人になったとしても、きょうだいとの付き合いはいまと変わらないはずだ。

きょうだいとは、そういうものだと亜子ちゃんは思っていた。こども時代はおんなじ家に住んでいるが、成長したらべつべつに暮らし、べつべつの家族を持ち、やがて、べつべつの家で死ぬ。

だが、望月姉妹はちがう。生まれたときからずうっといっしょにあの家に住んでいると思えてならない。望月姉妹には、友だちも、仲間もいないのだろう。

きっと、みんな、死んでしまったんだ。

亜子ちゃんはごくりと唾《つば》を飲んだ。望月姉妹は、もしかしたら、三百歳とか四百歳になっているのかもしれない。

やはり、望月姉妹は魔女ではないか。

その疑いはまだ完全には晴れてはいなかったが、亜子ちゃんの胸にはもっと恐ろしい、新たな疑惑が芽生えていた。

望月姉妹は殺人鬼ではないか。

疑惑を持つようになったきっかけは、ニュース番組だった。どこかの県でだれかの死体が発見され、その映像にかぶさったナレーション。「若い女性と見られる死体が雑木林で発見されました」

そのナレーションで、亜子ちゃんは「雑木林」という言葉を知った。たちまち「雑木林」と「殺人」が結びつき、さらに「雑木林」と望月姉妹の住む家の庭のようすががっちりと結びついた。

思えば、望月姉妹はふたりとも鼻はそう高くない。魔女ならかぎ鼻のはずである。それに魔女は想像のいきものだ。望月姉妹が魔女だなんて、殺人鬼とくらべたら荒唐無稽《こうとうむけい》な話である。

亜子ちゃんの胸に浮かんだのは、今年五月、忽然《こつぜん》とすがたを消したクラスメイトの一家だった。

二学期が始まった日、先生は、「ご両親の仕事の都合で大きなまちに引っ越した」と皆に告げた。だが、亜子ちゃんは、腑に落ちなかった。亜子ちゃんだけじゃなく、クラスのみんなも、釈然としなかった。

そのクラスメイトの男子は、卯月《うづき》くんという。二年前に転校してきた。このまちに家を建て、大きなまちから移り住んできたのだった。

卯月くんの両親は、毎日、大きなまちに通勤していた。亜子ちゃんのパパとおんなじだ。ママは地元でテレオペのパートをしているけれど、パパは大きなまちで働いている。

亜子ちゃんのパパだけじゃなく、このまちの大多数の大人の勤め先は大きなまちにある。通勤時間は一時間ほどだ。

卯月くんが、先生の説明どおり、「ご両親の仕事の都合で」引っ越すのなら、「大きなまち」ではないはずである。もっと、遠いまちだったなら、亜子ちゃんだって合点がいった。あんなに恰好いい家を建てたのに、それを捨てて、このまちを出て、大きなまちに戻るというのは、どうにも解せない。

そう、卯月くんの家は恰好よかった。コンクリート打ちっぱなしのミュージアムみたいな建物だった。望月姉妹の住む家よりはちいさかったが、望月姉妹の住む家よりも人目をひいた。

望月姉妹は、卯月くんの家が目障りだったのではないか。

だから、望月姉妹は卯月くん一家を消した——と、亜子ちゃんはうっすら睨《にら》んでいるのだった。

老人ではあるが、火事場のばか力をはっきして、卯月くん一家を鈍器のようなものでぶんなぐり、皆殺しにし、ひと晩かけて雑木林に埋めた、というストーリーが、亜子ちゃんの頭のかたすみにあった。

頭のかたすみストーリーは、折々、変わった。望月姉妹が卯月くん一家の首をしめる場合もあったし、ナイフで切り裂く場合もあったし、呪い殺す場合も、毒をもる場合もあった。だが、皆殺しにして、死体を雑木林に埋めるところは変わらなかった。

犯行の動機は嫉妬である。望月姉妹の誇りは、ここいらでいちばん大きな家に住んでいることだろう。でも、おんぼろ。お化け屋敷みたい。

だから、コンクリート打ちっぱなしのミュージアムみたいな卯月くんの家が気に入らなかったのだ。卯月くんの家が、自分たちの家のりっぱさをおびやかすような気がしたのだ。

実を言えば、望月姉妹だけでなく、亜子ちゃんのママも、卯月くんの家をいまいましく思っていたようすだった。

ママだけではない。ママも隣近所のひとたちも、卯月くんの家を陰で「豪邸さん」と呼んでいた。

スーパーで、買い物をした商品をレジ袋やエコバッグに入れながら、ママたち数人がひそひそ声で言い交わしていたのを亜子ちゃんは聞いたことがある。

「あーんなりっぱなお宅にお住まいなのに、どうして祭りの寄付をしぶるのかしらねえ」

「寄付どころか、盆踊りにも参加しないのよ」

「イルミネーションもしないし」

「郷に入れば郷にしたがえ、って言うじゃないの」

ふん、スカしちゃって、とママたちはうなずき合った。「このままだと地元裁判にかけられるかもよ」とひとりが含み笑いで言ったら、ママたちは「いくらなんでもそれはないわー」といっせいに笑った。

亜子ちゃんは複雑なきもちになった。

ママたちは、悪いひとの顔をしていた。腹黒そうだった。でも、もとをただせば、祭りの寄付をけちったり、盆踊りに参加しなかったり、イルミネーションをしなかったりする、卯月くん一家がだんぜん非常識。陰口を叩かれても仕方がないのである。

かわいそうだな。

そのとき、亜子ちゃんはクラスメイトを思った。卯月くん本人は、いっしょうけんめい、地元になじもうとしていた。卯月くんがどんなに頼んでも、親は言うことを聞いてくれなかったのだ。

亜子ちゃんたちは、それを知っていたから、卯月くんを仲間外れにしなかった。けれども、なかには、「そんなだと地元裁判にかけられるぞ」と脅したり、囃《はや》し立てたりする男子がいた。帰りの会で議題にのぼったこともあった。女子のひとりが手をあげて、こう発言したのだった。

「一部の男子が、特定の男子に、『地元裁判にかけられるぞ』と言うのはやめたほうがいいと思います。それはいじめだと思います」

わたしもそう思います、ぼくもそう思います、と賛同者が次々とあらわれ、

「一部の男子のひとは、冗談で言ったんだと思います」

と、ついに「一部の男子」のひとりが反論したとき、亜子ちゃんはすぐさま挙手した。

「冗談でも、言っていいことと悪いことがあると思います。たとえ冗談だったとしても、言われたほうは傷つくと思います」

すると先生が、「そうですね」と話し合いに入ってきた。

「地元裁判という言葉を冗談で使ってはいけませんね」

ゆっくりとそう言ったら、クラスのみんなもゆっくりとうなずいた。最終的に、とうに断定されていた「一部の男子」が「特定の男子」に謝り、「二度と言いません」と誓って、

手打ちとなったのだった。

でも、卯月くんは、ゴールデンウィークがあけたら、一家そろっていなくなってしまった。亜子ちゃんたちにお別れも言わず、ご近所に挨拶もせず、いなくなった。

ママたち数人は、ショッピングモールのフードコートでソフトクリームをぺろぺろ食べながら、卯月くん一家の噂をしていた。

「結局、まあ、夜逃げよね」

「ローンが払えなくなったんじゃない？」

「無理するからよ」

「このまちになじめなかったみたいだし、ちょうどよかったかもね」

そのときのママたち数人は、やはり、悪いひとの顔をしていた。

ローンが払えなくなって引っ越す、のは、このまちのけっこうな「あるある」ではある。けれども、亜子ちゃんは、なぜか、卯月くん一家の失踪《しっそう》を、そんなふうに「よくあること」で片付けたくなかった。卯月くん一家は望月姉妹に皆殺しにされ、雑木林に埋められている、と思うほうがよかった。

もしも、ママたち数人の話がほんとうなら、卯月くんは生きている。なら、そろそろ手紙がきてもいいはずだ。今年のお正月、亜子ちゃんは卯月くんと年賀状の交換をした。卯月くんは、亜子ちゃんの住所を知っているのである。

卯月くんは、色が白くて、すずしい顔立ちだった。着るものも、靴も、持ちものも、大きなまちで買いそろえていて、どことなく垢抜《あかぬ》けていた。

卯月くん一家は、食品以外、地元で買い物をしようとしなかった。卯月くんは、ショッピングモールで靴や文房具を買いたがったけれど、親がゆるしてくれなかった。

五年生か六年生になったら、いっしょにショッピングモールに行こうね。

卯月くんが恥ずかしそうに言った言葉を、亜子ちゃんは胸のうちでつぶやいた。

だから、もし、卯月くんが生きているなら、ぜったい、かならず、亜子ちゃんだけには手紙を書くはずなのである。

売りに出されたミュージアムみたいな家は、すぐに買い手がついた。長老のひとりである市長の娘夫婦が住んでいる。

3

夏休みの自由研究のテーマは望月姉妹なのだが、そのようなテーマを前面に押し出すのは亜子ちゃんとて憚《はばか》られた。だから、表向きは、「私たちのT市M町なんでもナンバーワン」にしようと決めた。

亜子ちゃんが選定した「ナンバーワン」のひとたちに、まちとのかかわりを軸にしたこれまでの人生を聞き、地元の歴史を身近に感じる、というのが狙いだ。あくまでも表向きの。

「私たちの住むT市M町」といっても、M町全域を対象とするわけではない。

調べる範囲は亜子ちゃん一家が属する第六町内会とお隣の第七町内会に限定した。ほんとうは第六町内会だけでおこないたかったのだが、望月姉妹は第七町内会に属している。外すわけにはいかない。望月姉妹ありきの企画だ。

亜子ちゃんが最初に聞き込みに行ったのは、第六町内会と第七町内会の会長のお宅だった。そこでふたつの町内会での「一番長生きナンバーワン」「一番大家族ナンバーワン」「一番最近引っ越してきた家ナンバーワン」などが判明した。

もちろん「一番大きい家ナンバーワン」は望月姉妹の住まいである。望月家は「一番古くから住んでいる家ナンバーワン」でもあった。

「あそこんちは大地主だったからさ。このへんみんな望月さんのものだったんだよ」

第七町内会会長は苦々しげに言い、

「億万長者」

と声をひそめた。

「億万長者？」

亜子ちゃんが繰り返したら、

「さあ、どうだかね」

と、とぼけた顔つきをして、はげ頭をかしげてみせた。

なーるほど。

亜子ちゃんは即座に納得した。望月姉妹が億万長者というのは、実にありえそうな話だと急に思った。薄暗い家のなかで、夜な夜な巨大な金庫の扉を開け、いちまい、にまい、とお札を数えるすがたがありありと浮かぶ。

いただきものの梨をお裾分《すそわ》けしに、妹とおじいちゃんの家に行ったとき、それとなく訊いてみた。確認のためだ。

パパのパパであるおじいちゃんは、パパがこどものころに、このまちに家を建てた。大きなまちで会社勤めをするようになったパパはママと職場結婚し、何年間かは大きなまちで暮らしていたのだが、亜子ちゃんが生まれる前に、このまちに家を建てたのだ。

「ああ、望月さん？　え、億万長者？」

おじいちゃんは短くてかたそうな白髪を撫でながら、どうなのかねえ、と首をひねった。

するとそばで聞いていたおばあちゃんが口を挟んだ。

「銀行のひとがしょっちゅう出入りしてるから、持ってることは持ってるんじゃないの？」

亜子ちゃんではなく、おじいちゃんに耳打ちするような言い方だった。

「だから、ふたりで、のんきに暮らしていられるんじゃないのよ」

と、これは独り言のようにつぶやいた。

「歳をとってもイチャイチャしてさ」

反省もせず、出て行きもせず、前代未聞だよ、と、最前よりも小声でつづけた。

亜子ちゃんは首をかしげた。でも、連れ立って歩く望月姉妹のようすは、たいへん仲がよさそうで、「イチャイチャ」と言えば言える。

「うん、きょうだいなのに、なんかイチャイチャしてるよね」

亜子ちゃんが言うと、おじいちゃんとおばあちゃんが「え？」という目をした。

「きょうだいでしょ？」

どっちがおねえさんでどっちが妹なのか分からないけど、と亜子ちゃんはおせんべいをかじり、

「あ、もしかしてふたご？」

と訊ねた。

「ふたごじゃないよ」

おじいちゃんが答えた。

「ふたごみたいに見えるけどね」

おばあちゃんが答えた。ふたりで目と目を合わせてから、おじいちゃんが声をひそめた。

「あのふたりは親子なんだよ」

「えっ」

亜子ちゃんはしばし絶句した。おせんべいを手に持ったまま、「それって……」と繰り返したあと、

「どっちが親で、どっちがこども？」

どっちが産んだほうで、どっちが生まれたほうなの？　と訊いた。

「んー、そういうんじゃなくてね」

おじいちゃんが白髪に手をやった。

「そういうんじゃなくて」

おばあちゃんが手の甲に目を落とした。

「法律上は親子っていうかさ」

おじいちゃんが亜子ちゃんを見ずに言った。

「親子になったっていうか」

おばあちゃんも亜子ちゃんを見なかった。

「もうだいぶ昔の話だよ」

とつづける。

「うん、だいぶ昔の話だな」

とおじいちゃんが呼応した。愛想笑いを浮かべて付け足す。

「べつにいいんじゃないのかな、『きょうだい』ってことで」

「まあ、べつにそれでいいわよね」

おばあちゃんがうなずいた。

亜子ちゃんは、自分がなぜ望月親子を姉妹だと思っていたのか、記憶をたぐった。だれからも姉妹だと教えられたことはないような気がした。どうやら、亜子ちゃんや、亜子ちゃんの友だちは、勝手に――というか自然に――望月親子を姉妹だと思い込んでいたらしい。

それにしても、望月親子の謎は深まるばかりだ。

魔女。殺人鬼。億万長者。そして親子だったという新事実。

血のつながった親子ではない、というから、どっちかがもらいっ子だ。養子ってやつ。亜子ちゃんは「養子」を知っていた。テレビドラマで観たことがある。こどものほしい大人の最終手段というイメージを持っている。

でも、なぜ、わざわざ同じくらいの歳のひとを養子に？

そんな疑念を胸にのぼらせるとともに、亜子ちゃんは、自分がどうしてこんなに望月親子が気にかかるのか、ちょっと考えた。

正確に言うと「どうしてこんなに」というほどではない。体調にたとえるなら、なんとなくお腹の調子がよくないな、という程度の「気になり方」が長くつづいている感じである。引っかかる、と言ったほうがいいかもしれない。

なぜか。なぜ、引っかかるのか。

それはやっぱり、と亜子ちゃんは簡単に答えを出した。大人をふくめたこのまちの亜子ちゃんたちと、望月親子が、「なんかちがって」いたからだ。

親子だと知ったいままでは、望月親子は「なんかちがって」いたのだった。

「ぜんぜん、ちがう」。「なんかちがう」どころではない。完全に「ちがう」。もう

「うん、ちがうよね」

おじいちゃんが答えた。亜子ちゃんはこころのなかで言ったつもりだったのだが、声に出ていたようだ。

「そりゃちがうわよ」

おばあちゃんが少し笑った。

「反省もしないし、出て行きもしなかったんだから」

前代未聞、と、さっきと同じことを口にした。

おじいちゃんとおばあちゃんは、新たな真実を話したがっている、と亜子ちゃんは察した。真実というか、秘密である。言ってはいけない望月親子の秘密を、亜子ちゃんに話したくて、うずうずしているように見えた。

「あ、それは、ちらっと聞いたことある」

亜子ちゃんは、つまらなさそうな顔をつくり、おせんべいで唇を軽く叩いた。

「反省もしなかったし、出て行かなかったって」

前代未聞だよね、とおばあちゃんの言葉をそっくり繰り返した。おせんべいをちょっぴりかじり、軽くうなずきながら咀嚼《そしゃく》する。

「そうだよ、あんた、前代未聞だよ」

おばあちゃんが勢いづいた。

「地元裁判で負けても、このまちにいつづけるなんて」

と亜子ちゃんからおじいちゃんへと顔を向けた。おじいちゃんが深くうなずく。

「磯島《いそじま》さんたちはおとなしく出て行ったのにな」

「望月さんのところと事情は同じだけど、男だけあって、引き際はきれいだったわよね」

「裁判は長引いたけどな」

「なかなか認めようとしないから」

「その点、望月さんの裁判は短かったなあ」

「はなから認めてたからね」

「『それのどこがいけないんですか?』ってな」

「もう大いばりで」

「『地元裁判って言ったって、法的裏付けのない、要は吊るし上げじゃないですか』ってなあ」

「『いまやほんとうの地元のひとなんてほとんどいない新興住宅地なのに、なんでまた悪しき習慣である地元裁判を復活させたのかしら』って、たいへんな剣幕で」

「地元裁判のおかげで、移住者ばかりのこのまちの結束が強くなったっていうのに」

「ほんとにそう」

「望月さんたちは、地元裁判がこのまちだけでやってるようなこと言ったけど、あのときはすでに全国的に地元裁判が見直されて、生活の一部になっていたからなあ」

「そうよ、それに、このまちの地元裁判なんて、なまぬるいって評判なんだから。しょせん新興住宅地ね、なーんて言われちゃうんだから」

「望月さんみたいな前例をつくってしまったしな」

「このまちは長老の力がまだ弱いのよ。いちばんの旧家っていったら望月家になるじゃない？」

「うーん、しかし、望月さんたちの居座り方はすごかったなあ」

「こっちもがんばったじゃないのよ。有罪が決まったあとも、当番制で、毎日、家に石を投げたり、商店という商店は望月さんにものを売らなかったり、地元民一丸となって、やれることはぜんぶやったつもりなんだけど……。だめだったわねえ」

「逆に裁判起こされちゃってさ」

「地元裁判での判決を法的手段にうったえるなんて、ほんとにもう、恥知らず」

「あんときゃ世界じゅうから望月さんとおんなじ嗜好のやつらがあつまって、デモとかやって大騒ぎで」

「そろいもそろってトンチキで派手ななりでね」

「迷惑だったよな、ほんと」

亜子ちゃんはいきいきと話すおじいちゃんとおばあちゃんの顔を交互に見ていた。おおよそのことは理解できた。自分が理解したことが事実とどのくらい合っているのかはこころもとなかったけれど、だいたいのところは理解できていると思った。望月親子は、亜子ちゃんが思っていた以上に、「ちがって」いたのだった。

4

亜子ちゃんは自由研究をつづけた。

「私たちのT市M町なんでもナンバーワン」という表向きのテーマにそって、あたりさわりのないナンバーワンを集めた。「いちばんたくさんペットを飼っているひとナンバーワン」、「いちばん最近生まれた赤ちゃんナンバーワン」などである。

望月親子にかかわるナンバーワンは削除した。自由研究にかこつけて、話を聞きに行くのもよした。大きなまちに戻った卯月くんから手紙が届いたのだった。そこにはこう書かれていた。

亜子ちゃん、元気ですか。

ぼくは元気です。

だまって引っこしてしまって、ごめんなさい。

おとうさんとおかあさんが、どうしてもこのまちはいやだと言って、大きなまちにもどることにしました。

おとうさんとおかあさんは一生けんめいお金をためて、理そうの家をたてたのですが、すててもいいと思うほど、がまんができなかったのです。

ローンがたいへんなので、祭りのきふなど、五万円もはらえません。みんな、みをけずる思いではらってる、と言われても、ぼくのおとうさんとおかあさんは祭りにきょうみのないひとなので、みをけずってまでお金をはらう気になれませんでした。

ぼんおどりも参加したくなかったので参加しませんでした。イルミネーションもやりたくなかったのでやりませんでした。

ぼくは亜子ちゃんに、ぼんおどりに参加したいけど、ゆるしてもらえないとか、そういうことを言いましたが、あれはうそでした。

ぼくもぼんおどりにはきょうみがないし、地元の店で売っているようふくや靴なんかはあんまり好きじゃなかった。

でも、なんかちがうと思われるのがいやでした。ぼくはこのまちにぜんぜんなじみたくなかったけれど、それがわかったら、亜子ちゃんにきらわれると思いました。ぼくがかばわないと、おとうさんとおかあさんが地元裁判にかけられると思いました。

「ひととちがうところがあるだけで、地元裁判にかけられちゃうんだぜ」

「なんておかしなこと」

ぼくのおとうさんとおかあさんはよくそう言っていました。笑っていましたが、地元裁判にかけられたら、ぜったい有ざいになって、おもてを歩けなくなるといううわさです。

大きなまちでも、区ごとに地元裁判はあるけど、亜子ちゃんたちの住むところのように活発ではありません。活発な区もあるらしいけれど、ぼくたちが住んでいるのは、そうではありません。亜子ちゃんたちふうに言うなら「きずながうすい」ところです。

そういうところで、ぼくも、おとうさんも、おかあさんも、元気でくらしています。

亜子ちゃんも、いつまでも元気でいてください。

さようなら。

卯月くんからの手紙を読んで、亜子ちゃんは泣いた。卯月くんは亜子ちゃんたちとは「ちがって」いた。それがかなしかった。亜子ちゃんたちみんなの好きなものを否定されたのもかなしかった。

かなしかったけれど、「ちがって」いるひとをへんに思ったり、地元裁判にかけて追放したりするのはまちがっていないと思った。だから、少しだけ、卯月くんが憎くなった。それもまたかなしいことのひとつだった。そのいっぽう、この手紙を大人たちに見せて、いっしょに卯月くん一家の悪口を言いたいきもちがわきあがったが、すぐにしぼんだ。卯月くんのことはいまでも好きだったし、「なんかちがう」ひとたちの陰口を叩くと悪いひととの顔になってしまう。

この手紙を読んで、なぜ、夏休みの自由研究での望月親子にかかわるナンバーワンを削除することにしたのか、亜子ちゃんは分からなかった。望月親子がなぜ地元にいつづけるのかと同じくらい、分からなかった。

相談

いつものことではあるのだが、波多野《はたの》があんまりはっきりしないので、おれのほうから誘ってやった。

「どうだ、今夜一杯やるか」

「え」

波多野はちいさく驚いて、いいんですか、と上目遣いで確認した。なんかすいません、と不明瞭《ふめいりよう》につぶやき、男のわりには細くて茶色い髪の毛を、これまた男のくせに白くて華奢《きやしや》な指先でいじりながら、ほんとなんかすみません、と繰り返した。

「仕事退《ひ》けたら、鳥良な」

舌打ちしたいのを堪え、おれは会社からそう遠くない居酒屋の名を告げた。すると波多野が勢い込んだ。

「ぼく、予約とか入れときますので」

「そういうのいいんじゃないの、べつに」

「あ、でも、一応。だって個室じゃないと落ち着かないじゃないですか」

波多野は口もとに手を添え声をひそめた。背中を丸めてあたりを窺い、意味ありげにうなずいてみせる。

「……じゃ頼むわ」

おれは波多野の肩を軽く叩いた。自販機で買った缶コーヒーを飲み干し、ズボンのポケットに片手を入れて、休憩スペースをあとにする。

デスクに戻り、仕訳伝票のチェックを再開した。課長印と書かれた升目にハンコを押し、波多野にちらと目をやった。ようやく落ち着いて仕事をしているようである。やはり、なにか相談したいことがあったのだ。

波多野は、物言いたげな目をして、朝から用もないのにおれの周りをうろついていた。「ん、どうした？」との意をこめ見返すと、「あ、いえ、なんでも」というふうにおどおどとその場を離れた。だが、またすぐに寄ってきて、オバケみたいにおれのデスク周辺を漂っていた。

波多野はたしか二十五、六。おれが五十になったばかりだから、およそ半分の年齢だ。おそらく会社を辞めたくなったのだろう。おれも波多野くらいの歳はそうだった。中堅クラスの冷凍食品会社に一生いていいのか、おれにはもっと広いフィールドが似合うのではないか、と本気で思いはじめたころである。少なくともいまいる会社より条件のよいところがあるはずだと。このおれならばと。上司や同僚が取るに足りない者に見え、ばかばっかりじゃないか、と腹のなかでうそぶいたものだ。

そのくせ辞める決心はなかなかつかなかった。経験を積んだとはいえ、「もっと広いフイールド」かつ「条件のよい会社」には数年前に軒並み落ちてここにいるという事実が、辞めようとするたびに頭をよぎった。

自分の力を過信していただけだ、と気づいたのは遅まきながら四十を超えたあたりだった。いよいよ転職がむつかしい歳になったころである。チャレンジしたい衝動も起こらなくなった。時世も時世だ。博打《ばくち》をうつより、堅い商売をつづける会社にとどまったほうが利口だと亀が首を引っ込めるように結論づけた。

波多野、おまえのきもちはようく分かる。

おれは波多野にまた目をやって、心中でうなずいた。

地味な会社の地味な部門で、五十でようやく課長に昇進した上司のもとで働いていたら、見極めたような心持ちになるだろう。いっちょよそで力試しをしたくなってもおかしくない。いまならまだ間に合うはずだ、と急《せ》き立てる自分と、無駄な冒険はしないが吉といさめる自分が、おまえのなかでせめぎ合っているのだろう。

だがな、波多野。おまえはここにいたほうがいい。

おれはひそかに首を横に振った。

波多野は高倍率のなか採用されたにもかかわらず、見るべきところのない社員だった。めっぽうおとなしいのも、言われたことしかやらないのも、退社後の付き合いをいやがるのも波多野だけではないのだが、それにくわえて波多野の場合、仕事が遅い。遅くても正確ならばまだいい。しかし波多野はミスが多く、派遣の女の子に、「もーいいかげんにしてくださいよ、何遍言ったら分かるんですか」と剣突《けんつく》を食《く》らっている。

取り柄は真面目で素直なところくらいか、とおれは三度《みたび》波多野を見た。いやにすっきりとした表情をしている。というか、ごきげんである。いまにも鼻歌を歌い出しそうだ。

今夜おれと一杯やると決まり、早くも「相談」が解決した気分になっているのだろう。あるいは、おれに相談できるようになったことで、新たな一歩を踏み出す第一関門を突破したような達成感に浮かれているのかもしれない。

どちらにしたって、小物感は拭《ぬぐ》えない。だが、おれは、波多野がおれに相談を持ちかけた点を大いに評価した。同期や友だちではなく、相談相手に上司を選ぶ若い者は少ない。面倒なはずの飲みゅニケーションをみずから希望するのだから、よっぽどおれを頼りにしているのだ。たとえ五十でようやく課長に昇進した上司だったとしても、それは、歯に衣《きぬ》着せぬ物言いで取締役陣に煙たがられ、切れ者ゆえに嫉妬されたせいと思い至ったに相違ない。

「とりあえずビール。生、大ジョッキで」

おしぼりを手に取り、注文した。波多野が中途半端に片手をあげる。

「あ、ぼくも生で」

「や、波多野。いいんだぞ、好きなやつを頼んで。無理にこっちに合わせることはないんだから」

「ていうか単に飲みたかったという」

「そうか」

そうか、そうか、とおれは笑った。波多野がほんとうにビールを飲みたかったのか、おれに気をつかっただけなのかはよく分からなかったが、いずれにしても気分がよかった。

「なんか食いたいものあるか？」

お品書きを見せて、波多野に訊いた。暗に勘定はおれが持つ、と言ったつもりだ。

「じゃ手羽先唐揚げを。あと豆腐の天ぷら」

波多野は迷いつつも二品、口にした。その前に「え、いいんですか？」と奢《おご》られることを察知したような目をしたが、すいません、とも、ごちそうになります、とも言わなかった。

会計のさいにおれがさっと注文票をさらい、ここはおれが、と言われて初めて、恐縮する心づもりをしているにちがいない。おれはどちらかというと、そういう若者のほうが好きだ。ずけずけと奢られることを確認し、ここぞとばかりに飲み食いする手合いはいけ好かない。

「じゃまあ、乾杯するとするか」

ビールが到着し、食べ物の注文もすませ、ジョッキを合わせた。ぐうっと飲んでから、波多野が肩をいからせ、手を太腿に置く。

「課長、きょうはすみませんというか、ありがとうございますというか、わざわざお時間つくっていただいてというか」

くどくど謝意を述べる途中で、おれはストップをかけた。みなまでいうな、の体《てい》でゆっくりとかぶりを振る。

実はな、波多野。おれにも覚えがあるんだよ、古くさいかもしれないけど、ひとところで辛抱するのもわるくないぜ、と言おうとしたら、波多野が指先でおしぼりをさわりながら、口をひらいた。

「笠松《かさまつ》さん、どう思います？」

「どう、って……」

笠松さんというのは、しょっちゅう波多野に剣突を食らわしている派遣の女の子である。

「ちょっと気の強いところはあるけど、しっかりしてるんじゃないかな？」

うん、とひとまずうなずいた。胸のうちで立て直しをはかる。どうやら波多野の相談はおれが考えていたのとはちがうらしい。

見ると、眉間《みけん》に皺を寄せ、さんまのワタを山盛り食ったような顔つきをしている。いやに堂々とおもてを上げているから、その表情をおれによく見せたいのだと知れる。自分が笠松さんにたいして不満を持つのは正しいと言いたげだ。

「ちょっと男子、真面目にお掃除しなさいよ」ときんきん喚《わめ》く、小学校で同級だった女子を思い出した。あの女子が「先生、本多《ほんだ》くんがいけないんです」と担任に言いつけたように、波多野も「課長、笠松さんがいけないんです」とおれに言いつけようとしていると思えた。

「――たしかにまあ、笠松さんの言い方はきついっちゃきついけどさ」

おまえがミスしなきゃそれですむ話じゃないか、とまでは言わなかった。そのような根本的な問題を話し合う場ではないのだ。店員が枝豆を運んできたので、中断したのち、つづけた。いいか、波多野。

「注意してもらったらありがたいと思わないと。それが派遣だとか女の子だとかは関係ないんだよ。そんなことで腹が立つんなら、それをやる気に変えたほうが建設的だろ、ちがうか？」

なにくそ、っていう肥料を自分にやるっていうかさ。そしたら根性っていう根が張るから、花が咲く日も近くなる、とじっくり言って聞かせようとしたら、

「あ、いや、そういうんじゃなくてですね」

と波多野がうつむき、ちろりとおれに視線を寄越《よこ》し、所在なげに枝豆に手を伸ばした。莢《さや》から豆を押し出し、取り残した透明な膜を剝《は》がしつつ、ため息をつく。

「なら、どういうのなんだよ」

これもちがうのか。なら、なんなんだよ、おまえの相談って、とおれはちょっと脱力し、いらいらしかけたのだが、そのとき、ぱっとひらめいた。仕事でもプライベートでも発想の転換ってやつが大事なのだ。思わず口もとがゆるむ。ははーん、そういうことか。なるほど、なるほど、そっちのほうね。

ビールを飲みながら、笠松さんのすがたを思い浮かべる。

まず、くりっとした目と、ふっくらとした頰があらわれた。デビュー当時の中森明菜によく似ている。ものすごく可愛いということだ。それから意外に豊かな胸と、案外細いウエスト。お尻はいくぶん大きめで、足も少々太めだが、全体的に柔らかそうで、なにかと具合がよさそうだった。

「彼女、いくつだったっけ?」

あん？　というふうに訊いてみた。波多野が即答する。

「二十九です」

「けっこういってんな。おまえより歳上か」

「歳上なんですよね」

「や。でも若く見えるし、おまえには歳上の女のほうがいいんじゃないの？」

「ですかね？」

ほんとにそうですかね？　と波多野はやや身を乗り出した。細い首をかしげる。眉間には依然皺が寄っていた。

「ほんとだよ」

おれはネクタイをゆるめた。

「自信持てよ。いつも叱り飛ばされてるからって、嫌われてるとはかぎらないんだからさ」

そこに豆腐の天ぷら、手羽先唐揚げ、どてやき、串打ち焼き盛り合わせが相次いで運ばれた。どんどん食べろ、という身振りをし、ビールでいいか？　と波多野に確認してから、店員に指を二本立て、お代わりを頼んだ。掘りごたつ式の個室だったので、足は床についていた。その足を片方引き抜くようにして、もう一方の膝に置き、おれは話のつづきをはじめた。

「そうなんだよなあ。ツンツンしてるからって嫌われてるとはかぎらないんだよ。そこが女心の複雑さっていうか、回りくどいところでさ」

いや、しかし、とおれはテーブルに片肘をつき、その手で頬をささえた。

「正直、ちょっと見直したよ。おまえが笠松さんに目をつけるとはなあ」

あれだけ叱られ、能力のなさを日々思い知らされているのに、という言葉は呑《の》み込んだ。

代わりに、

「我が部署ナンバーワンの美女にいこうとするとはなあ」

と言い、

「その意気やよし、だぞ、波多野。あたってくだけろだ」

と締めた。間違いなく玉砕だな、と腹のなかで追加して。

「いえ、あの」

波多野は両手で髪の毛を揉みほぐすようにしながら、かぶりを振る。

「いやいや、これぱっかりは分からないって」

おれは払いのけるような手振りをして、声を張った。

「おまえ、けっこういい男じゃないか。今ふうのな。そういう、なんていうの、中性的っていうか、優男《やさおとこ》っていうか、ジャニーズ系っていうか、つるっとした感じの男が人気あるんだろ？」

大いに波多野を励ました。自然と手が胸もとにいく。

おれは毛深いほうだった。眉もひげも濃いし、腕毛もすね毛も相当なものだ。むろん胸毛も生えている。歳のせいで白髪交じりだ。九州出身ですか、としばしば訊かれるようなはっきりとした顔立ちをしていて、その顔が四角でわりと大きく、背はそんなに高くない。つまり、ちっとも今ふうではない。ゆえにもてない。だが、歳も歳だ。もてるもてないなど、とうにちいさな問題になっていた。ちいさすぎて、普段は見えないくらいだ。

「軽ーい感じで食事に誘えばいいんだよ。イタリアンとかさ、そういうの。口実は、そうだな、『いつもお世話になってますから』でいいんじゃないの？　いや、『いつもご迷惑をおかけしてますから』か」

あっはっは、とおれは大笑いした。波多野も力なく笑う。手羽先の唐揚げをつまみ上げ、両手で持って食べはじめる。

「で、食事が終わったら、バーに連れて行く。カウンターに並んで座っちゃってさ、カクテルなんか飲むわけ。自然に肩がふれ合って、相手が嫌がる素振りを見せなかったら、今度は太腿を、こうね、ちょっと押し付けてみるんだ。あと、スツールの、低い背もたれみたいなの、あるだろ。あそこに手をかけてもいいな。でもって、それでも嫌がらなかったらゴーだよ、ゴー」

「ゴー？」

「口説くんだよ」

おれは腕組みをした。

「鼻でも指でもどこでもいいからまず誉めてだな、いいきもちにさせるんだ。そして、カクテルを飲みつつしばし無言で相手をぼうっとながめる。『なに？』とかなんとか満更でもなさそうにちょっと笑って相手が訊いてきたら、『え？』と訊き返すのさ。『今なんていったの？』ってね。『他のこと考えて君のことぼんやり見てた』みたいな？」

小田和正の「Ｙｅｓ－Ｎｏ」の歌詞をおれはまるでオリジナルのように波多野に告げた。それはおれがたまに考える「女の子を口説くシーン」だった。

「『あ……』と相手がどぎまぎした表情をしたら、すかさず『好きな人はいるの？』と切り込むんだよ」

うん、とおれはビールを流し込んだ。串を横に持ち、レバーをダイナミックに齧り取る。君を抱いていいの、好きになってもいいの、と「Ｙｅｓ－Ｎｏ」のサビが頭のなかをめぐった。

「や、あの、ほんと、そういうのではなくてですね」

「照れるな、って」

どてやきを小鉢に取り分け、波多野の前に置いた。波多野は肩を落としながらも頭を下げ、箸を手にした。

「ま、あれだ。こっちがいける、と思っても、空振りに終わるケースもあるからな。もしだめだったとしても、そんなに気落ちしないことだよ、波多野くん。きみはまだ若いし、イケメンなんだからさ」

わりと濃い味付けのどてやきの、その味がよく染みた大根を口に入れた。はふはふと咀嚼しながら、おれは、おぬしもわるよのう、というような科白を腹のなかでつぶやいた。

もてるもてない問題は年々歳々ちいさくなっていき、普段は見えないくらいなのだが、ごくまれに、クローズアップされるときがある。

笠松さんを初めて見たときは、可愛いな、としか思わなかった。すごく可愛いけど、おれには関係ない、と反射的に考えた。てきぱきとした仕事ぶりを見るにつけ、この派遣社員は当たりだな、と、そのように笠松さんの有能さだけを評価するよう心がけた。

しかし、あるとき、おれは気づいてしまったのだ。笠松さんが始終おれを見ていることに。

ふと視線を感じて目を上げると、笠松さんのつぶらな瞳に行き当たった。何度もだったから、勘違いではない。その証拠に、そのときかならず笠松さんの瞳が潤んでいた。目が合うと、赤く染まった柔らかそうな頬をちょっぴりふくらませ、桃色のぽってりとした唇をそっと噛み締め、恥ずかしそうにうつむくのだった。

しのぶれど色にいでにけりわが恋《こひ》は物や思ふと人のとふまで。昔、古文で暗記させられた和歌がおれの胸をよぎった。さらに、そのときいっしょに暗記した訳文の前半もおれの胸をいやにゆっくりと駆け抜けた（ひとに知られまいと恋心を隠してきたが、とうとう隠しきれずに顔に出てしまいました）。

おれのハンコをもらうため、仕訳伝票を持ってくるときも、笠松さんは恋心を隠しきれなかった。ばかりか、全面的に押し出した。

なぜか脇をしめ、両手で伝票を持つのである。まるで意外に豊かな胸を強調するように。そして「課長、お願いします」といやにふかぶかと頭を下げるのだ。まるで広めの襟ぐりから真っ白な谷間をよく見せようとするように。

うむ、お疲れさま。おれは努めてビジネスライクに伝票を受け取る。笠松さんはほんとうにかすかに、くすっと笑い、また頭を下げて、きびすを返す。まあるいお尻をぷりっ、ぷりっ、と音が立つように振りながら席に戻る。

明らかに誘っている。だれがどう見たって、笠松さんはおれに気がある。

しかし、おれはまだ笠松さんに声をかけていなかった。なに、急ぐことはない。笠松さんのおれへのきもちがあふれ、どうしようもなくからだが火照《ほて》ってしまうまでは焦《じ》らしてやるつもりだった。

――いや、正直に言おう。とかなんとか言いながら、おれは自信がなかったのだ。あんなに可愛くて、いいからだをしていて、おまけに仕事もできる笠松さんがおれに気があるとは、やはり信じられなかった。

たしかに尊敬が恋に変わることはある。笠松さんはおれの強いリーダーシップやタフな仕事ぶりにまずやられ、ほのかに意識していたところ、おれがたまに見せる少年のような笑顔や、ふと口にするウィットにとんだ切れのいいジョークなどを次々と発見し、気がついたら、恋に落ちていたというわけなのだろう、きっと。たぶん。おそらく。

それでもおれは自分からアタックできないのだった。百パーセントいける確証がないと動き出せないナイーブな一面がおれにはある。恋にかんしてはからきし臆病になってしまう。てんでなってないや。ざまぁないね、と夕日をながめ、ひとり苦笑いするばかりだった。

そこに持ってきて、今夜の波多野の「相談」だったのである。笠松さんに岡惚《おかぼ》れしている波多野に口説かせ、笠松さんの口からはっきりと「わたしの好きなひとは課長です」と言わせる寸法を瞬時におれは立てたのだった。

「うまくいっても、そうでなくても、結果は報告してくれよな」

なんでもなさそうに波多野に告げた。我ながらとってつけたような感じがしたので、

「乗りかかった船だ。祝いの酒でも、やけ酒でも、おれはどっちでも付き合うから。とことん飲もうぜ」

と男らしく胸を叩いた。

頭のなかではシミュレーションがはじまっていた。

時は一週間後。そして場所は、ここ鳥良。今夜と同じ個室で今夜のように、おれと波多野は向かい合っている。

「どうだった？」と口火を切るおれ。「ふられました」と頭を掻く波多野。「……そうか、飲め。残念だけど、しゃあない」とビールをすすめる。「ていうかですね」と波多野がもじもじする。「ん？　なんだ、言ってみろ」とちょっと顎を上げるおれ。すると「笠松さん、課長のことが好きみたいなんですよ」と波多野。思わずビールを噴き出し、「ちょ待てよ」と口もとを拭うおれ。「ないないないない」と手を振り、「だってこんなおじさんだぜ？」と後ろに手をつき、「ありえないって」と言いつのる。「や。むしろそこがいいって

笠松さんが」と波多野。少し悔しそうだ。

おれがいくら「よせよ」と止めても、笠松さんがどのくらいおれに惚れているのかをえんえんと語り、「課長になら負けて悔いなしですよ。ていうか当然かと」と唇を噛み締め、何度もうなずく波多野のすがたを思い描いていたら、目の前の波多野がなにか言った。

「え？」

わるい、聞いてなかった、とおれは手羽先に手を伸ばした。照れ隠しみたいな笑みを浮かべ、パリッと香ばしい手羽先の皮をあじわう。波多野は肘をやや張り、膝に手を置いていた。

「実はですね」

「うん」

「ぼく、笠松さんと付き合ってるんですよ」

「あ、そうなの？」

腰が抜けそうになった。声もそのような感じだったにちがいない。おれは心中の落胆を誤摩化そうと、へーえ、そうなんだ、と何度か繰り返し、やーちっとも知らなかったなー、こいつは一本取られた、お見それしました、とすこぶる賑《にぎ》やかに反応しようとしたのだが、あんまりうまくいかなかった。耳から入るおれの声は、黒板を爪でひっかくような音だった。

「そうだったのか……」

ひとしきり騒いでから、つぶやいた。

「そうだったんです」

波多野が鸚鵡《おうむ》返《がえ》しに言う。

「……いつから？」

手羽先の骨をしゃぶりながら、波多野を見ずに訊いた。

「かれこれ一年ですかね」

「 てことは、笠松さんがうちの会社に来てすぐ？」

「わりとすぐです」

「見かけによらず手が早いんだな。草食系かと思いきや、肉食系かよ」

そういうギャップに女は弱いんだよな、と頭のどこかで考えた。つづけてギャップが武器になるのは、いわゆるイケメンだけなんだよな、と手羽先の骨を皿に戻す。いくらどんなにギャップがあっても、好みの顔じゃないと女は気づこうとしないんだ。なぜなら、もともと眼中にないからだ。イケメンっていいな。どんどん気づいてもらえてさ、とおれは冷えかけた手羽先を機械的に手に取った。

「あ、いえ、じゃなくてですね」

波多野はテーブルに猫の手みたいなこぶしを乗せた。

「笠松さんがなんかすごい積極的で」

すがるような目でおれを見て、つっかかりつつ交際に至った経緯を語った。

ある日、仕事が退けて、駅までぶらぶら歩いていたら、後ろから肩を叩かれたそうである。ふたことみこと話をし、流れで食事をすることになったようだ。食事といっても店はチェーンのラーメン屋だったらしい。それが幾度かつづき、そのあいだに、なにがきっかけだったのか波多野は覚えていないのだが、携帯の番号とアドレスを交換したのだという。

以降、毎日メールがくるようになった。最初は他愛ないものだったらしい。「おはよう」とか「おやすみなさい」とか「今日は雨だね」とかそういうのだったそうだ。ふんだんに使われる絵文字のなかのハートの分量が増えても、「いまごろ、波多野くんはなにしてるのかなぁ」という躙り寄ってくるような内容のメールが舞い込むようになっても、波多野はとくになんとも思わなかったようだった。

そうして誘われるまま休日に映画や遊園地に連れ立って行くようになり、気がつくと「付き合っている」状態になっていたそうなのである。

「なに、その『状態』って。あと、なに、その『気がつくと』っていうの」

おれはやや憤然と注文ボタンを押した。波多野の話を聞きながら、たてつづけに手羽先を食い、豆腐の天ぷらを食い、串焼きをたいらげ、どてやきを片付けた。がぶ飲みしたものだから、ビールも空になっていた。

「実際、そういう感じなんですよ。いつのまにか土曜はいっしょにどこかに出かけて、その夜はぼくのところに彼女が泊まり、日曜はまったり過ごす習慣ができてしまい」

「ビール。それと漬け物盛り合わせ」

おれは一瞬、波多野を無視し、注文を取りに来た店員に告げた。波多野も話を中断し、ビールを頼んだ。少し考え、サーモンとアボカドのサラダと、クリームチーズの味噌漬けというしゃらくさい料理も追加した。

「ある日、ふと自分の部屋を見回したら、彼女の持ち物がいたるところにあったんですよね。台所にはみりんや片栗粉やウェイパァーなどの調味料的なものが揃《そろ》っているし、食器もけっこう充実していて、茶碗とか箸とかどんぶりとか、もうなんかことごとくペアだったりして」

「……そりゃおまえ、完全に付き合ってるよ」

「ですよね」

波多野は額に手をやり、うーん、と唸《うな》った。

「でもぼく、一回も『付き合ってください』とか、それ的なことは口にしてないんですよ」

と、ここで波多野はビールを運んできた女子店員に、どうも、と軽く頭を下げた。ひるがえっておれは、ん、とうなずいただけだった。いかんな、と反省する。そんなつもりはちっともなかったのだが、おれの態度は客観的に見て横柄だったのではないだろうか。その女子店員が踏んづけられたような鼻ぺちゃで、にもかかわらず無愛想で、ビールの置き方が乱暴だったとしても、労《ねぎら》いの言葉をかけたほうがよかったのかもしれない。波多野みたいにさりげなくそういうことのできるやつが、もてつづける人生を送るんだろうな、と思った。別にどうでもいいけど。

「ほんと、ぼく、一回も言ってないんですよ」

弁明するようにつぶやいて、波多野は冷たいビールを飲んだ。同じくおれも飲んだ。顎を上げ、喉を鳴らし、ぐびぐびぐびと。ジョッキをテーブルに置き、息をついたら、ようやく波多野の「相談」が摑めた気がした。それならそうと最初っから言えばいいのに。勿《もっ》体《たい》つけやがって。

「なるほど、プロポーズのタイミングか」

いやー、そっちのほうはおれ、経験ないからさ、と笑ってみせた。歯を剝いてしまったので、ちょっと慌てておしぼりで口を拭うふりをして隠す。

プロポーズはしたことも、されたこともなかった。そもそも付き合ったと断言できる女はひとりしかいない。それも学生時代の話で、相手はバイト先の魚屋の奥さんだった。

奥さんはおれよりひとまわり以上歳が上で、おれよりも背が高く、当時は痩せっぽっちだったおれよりも体重があった。化粧が濃く、太いアイラインで大きなぎょろ目を囲っていた。ソフィア・ローレンに似ていると自認していて、かの女優がおこなっているとどこかから聞き込んだ「紅茶で目を洗う」美容法を実践していた。

ほんとうにソフィア・ローレンに似ているかどうかは別にして、奥さんはバイト初日からおれに色目をつかってきた。それもかなり直接的なやり方だった。大将がいない隙をみはからい、「本多くん、まだでしょ」とか、「女、知らないんでしょ」とか、「教えてあげようか」などと、冗談めかしておれの耳もとでささやいた。

そのころのおれはといえば、自分でもいやになるくらい、そっちのほうは元気だった。容姿も性質もまったく好みではなかったのだが、まんまと奥さんの下品な誘惑に乗ってしまったのだった。

「一度だけ、本気で惚れた女はいたんだけどさ。彼女、人妻だったから……。しかも、おれ、学生だったし……」

まー道ならぬ恋ってやつですよ。ふ、とおれは苦みばしった笑みを片頬に浮かべた。

「やっぱり忘れられないわけよ」

ぽつん、と独白し、

「その後だれと付き合っても、あれほど本気にはなれないっていうかさ」

と首筋を揉んだ。奇妙なことに、口にしたら、真実のような気がしてきた。性欲につき動かされ、渡りに船と考える間もなく奥さんにむしゃぶりついた過去が、急にせつない青春の思い出に変わった。

「……駆け落ちしたかったんだけど、意気地がなくてね」

女子店員に軽く会釈し、運ばれてきた料理をテーブルの中央に移動させながら、おれは唇をゆがめ、自嘲《じちょう》という笑い方をしてみせた。

奥さんとの内緒の交際は半年ほどつづき、おれの性欲は人心地ついたというか落ち着きを見せはじめた。奥さんと重なり合うことがつまらなくなったわけではなかったが、大将にばれたらどうしよう、という恐れが性欲を上回るときがきたのだった。奥さんとの情事は、将来のおれにとって汚点になるとも思えた。

だが、こんなことはもうやめたい、と奥さんに切り出す勇気はなかった。やっぱりちょっと勿体なかったのだ。バイトを辞めます、と大将に申し出る勇気もなんだか出なかった。

栄養不良のにわとりみたいな雰囲気の大将は、「もちょっと愛想よくできないのかねえ」とか、「この店はね、あたしでもってるようなもんだよ」と奥さんにどやされたり、威張られたりしても、ハイハイと受け流し、たんたんと仕事をしていた。

そんなようすを見るにつけ、おれは大将よりも男として上なんだと自信をつけたものだった。大将があんまりふがいないものだから、おれが奥さんを満足させてやるよりほかないだろう、と胸を張り、とどのつまりは自業自得、と大将をあざ笑った。

なのに、おれは大将の目を見て話せなかった。奥さんと関係を持ってからずっとだ。どんなにふがいなくたって、大将は奥さんの亭主である。バイトを辞めるとなれば、その理由を述べなければならない。言おうと思えば、就職活動が忙しくて、とかなんとかいくらでも言えるのだが、嘘を見抜かれる気がしてならなかった。

悶々とした日々を送っていたら、同じゼミの女の子からディスコに行こうと誘われた。その日まで有効のタダ券があるのだが、約束していた友だちが行けなくなり、なんとかちゃんやかんとかくんに声をかけたんだけど都合がわるいみたいで、という長い前振りを、おれは彼女が照れているせいだと解釈した。次の女のあてができたと思ったおれは、それを機に、バイトを無断で休むようになった。電話がかかってきても出なかった。

つまり、おれは自然消滅的にバイトを辞めたのだった。なお、同じゼミの女の子とは結局いっしょにディスコに行ったきりだった。

「おれのことはともかく、プロポーズはちゃんとしてやんなきゃな。ここまで笠松さん主導できてるんだからさ。プロポーズくらい、おまえがびしっと決めないと。やっぱ、シンプルに『結婚しよう』がいいんじゃないの？　あ、最近は『家族になろう』っていうのかな？　なんかこうふたりで近所を散歩してるときとかにさ、さりげなく」

おれは機嫌よく波多野にアドバイスした。奥さんとのことがせつない青春の思い出になったことで、気分を持ち直していたのだ。「な？」というふうに波多野に首をかしげてみせたら、波多野は、はあっと深い息を吐いた。

「いえ、課長、ちがうんですよ」

「またちがうのか」

おまえ、まだ本題に入ってないのかよ。おれは若干気色《けしき》ばんだ。

「さっきから何度も言おうとしてるんですけど」

波多野は器用に箸をあやつり、サーモンでアボカドをくるむようにした。それを口に入れ、もそもそと咀嚼する。

「……かもしれん」

おれは素直に波多野の言い分を認めた。

「おれ、ちょっと気が短いとこ、あるからさ」

わるいな、と片手で「すまん」のポーズをした。いやに丁寧にサーモンでアボカドをくるむようにし、静かに口に運んだ波多野のようすが、いたいけに見えたのだった。波多野にしてみれば、心をひらこうとしているのに、おれが先走るせいで足踏み状態がつづいている感じなのだろう。

にわかに管理職としての能力を試されている心持ちになった。能力というか、人の上に立つ者としてのうつわの大きさである。人は皆それぞれだ。ひとりひとりがオンリーワンなのだ。誉めるときも、注意するときも、相手の気性をまず考えるべきだ。こちらの出方や物の言い方次第では、たとえ誉めても部下が腐ってしまうことがある。逆に叱責しても感謝される場合もある。部下を育てるのは、おれの重要な仕事のひとつだ。

プライベートな相談に乗るのも然《しか》り。公私ともに親身になって部下のめんどうをみる上司なんてものは、この世知辛い世の中ではめずらしかろう。それこそがおれの理想とする上役だったことを、おれは、いま、思い出した。そのチャンスを波多野は今夜、くれたのだ。ありがとう、波多野。

「笠松さんと、いつのまにか付き合うようになったんだったよな?」

おれはなるべくおだやかに、「いままでのあらすじ」を短くまとめた。こくん、と波多野がうなずき、口をひらく。

「単にふたりで付き合うっていう状態ならいいんですけど」

「うん」

「えっと、三カ月くらい前だったかなあ」

「うん、うん」

「彼女が実家にあそびに来てって言うようになって」

「へえ」

「ざっくばらんなひとたちだから、全然大丈夫だって。いままでの彼氏はみんなあそびに来てるんだよって」

「なるほど」

「で、行ったんですけど」

「ほう」

「ものすごい歓待で。寿司とか刺身とか鶏のモモ焼きとかポテトサラダとかが、もう座卓いっぱいに並べられてたんですよね」

「……ああ」

「『浩一《こういち》くん、まー一杯』って彼女の父親にファーストネームでビールをすすめられて、ぼく、流れで『いただきます、おとうさん』とか言っちゃったんですよね。勢いがついて、『おかあさん、お料理おいしいです』とか。そしたら妹さんがぼくを『お兄さん』と呼びはじめたりなんかして、もう、完全に」

「結婚決定だな」

「なんですよね」

尻をもぞもぞさせて、波多野がつづける。

「その日から彼女がすっかり女房気取りで。もともと上から物を言うタイプではあったんですが、拍車がかかったようで、しっかりしてもらわないと困るとか言い出し……。会社でも平気でぼくを叱り飛ばすわけですよ」

ふううん、とおれは深くうなずいた。

やっとこさ波多野の「相談」の内容が分かった。

波多野は、笠松さんと結婚したくないのだ。

はっきりしなくて、おとなしい性質の上に流れに乗りやすいものだから、笠松さんに押されに押され、待ったなしのところまで持ってこられたものの、本人にはまだ身を固めるつもりはないのだろう。勿体ない。いいじゃないか、笠松さんで、とおれは腹のなかで「けっ」と吐き出した。

波多野には笠松さんくらいアグレッシブで、むやみに夫の操縦をしたがる女が向いている。「女賢《さか》しゅうして牛売り損なう」というが、波多野と笠松さんの場合、利口なふりをして物事をやり損なうのは波多野のほうだ。しかも笠松さんはすごく可愛くて、からだもいい。願ったり叶ったりじゃないか、贅沢言うな、と波多野の頭を一発叩いてやりたくなったが、待てよ、と思いとどまった。

波多野が笠松を袖《そで》にしたら、可能性が出てくるのはおれじゃないか。傷心の笠松さんを慰め、ゆったりとした広い心でやさしく包み込めるのは、大人の男しかいない。すなわち、おれだ。

「――いや、波多野。毎日会社で顔を合わせるんだし、おまえの性分も性分だし、そりゃあ、言いづらいかもしれないが、いやならいやとハッキリ彼女に言ったほうがいいぞ。このままじゃおまえ、とんとん拍子で進んじゃうぞ。結婚式当日になって、やっぱりどうしてもいやだ、って逃げ出すことにでもなってみろ。一大事だぞ」

「言いましたよ、ぼくだって」

波多野がめずらしく声を張った。

「言ったのかよ」

「言いました。付き合うのはいいけど、まだ結婚は考えられない。ちょっと待ってくれないか、と。そしたら」

「そしたら？」

「そんなこと言ってるうちに、すぐに課長みたいになっちゃうよ、って。うだつも風采《ふうさい》もあがんなくて、エロい目で若い女の子を眺めるしかできないオジさんに一直線だよ、って」

おれは茄子《なす》の漬け物をひときれ、口に入れた。いつもなら、うるさいくらい音が立つのだが、このときは無音だった。

「ぼくは、それ、ちょっとちがうと思うんですよ。課長は課長なりに、けっこう愉しく生きているような気がするんですよね。課長だってしあわせな瞬間がありますよね？」

あるって言ってくださいよ、という目で波多野がおれを見る。おれがいまのおれに満足していたら、安心して結婚をとりやめられるということなのか？　それがおまえの相談なのか？

「波多野」

テーブルのはしに置いてあった注文票をさっとさらって、おれは言った。

「まあ、がんばれ」

席を立ったのだが、波多野は、それってどういう意味なんですか、と言うばかりで、すみませんとも、ごちそうさまとも言わなかった。

ムス子

花束を担いだ肩を先にして、加賀谷真人《かがやまさと》は成城石井に入った。大股《おおまた》で入った。颯爽《さっそう》としていた。スーツのボタンは外していたし、ネクタイもゆるめていたが、背筋が伸びていた。

九月三十日。夜の七時前だった。高田馬場駅を出て、早稲田通りを歩き、ふらりと寄った。輸入食料品を多く扱うちいさなストアはそんなに混《こ》んでいなかった。加賀谷の目当ては、ちょっとめずらしいビールだった。つまみもいくつか見繕おうと思う。

買い物カゴを手に取った。ホテルのショッピングバッグを手首に通し、同じ手で持つ。花束はカゴのなかに入れ、ふちに立てかけるようにした。空いた手はひとまずズボンのポケットに入れた。

店内奥に真っすぐ進む。ビールコーナーの前に立ち、さして迷わず、アメリカのビールを二本、選んだ。ラベルのイラストは、ビッグウエーブが弾《はじ》けたものと、南の島の夕暮れを思わせるもの。フルーティなタイプとコクのあるタイプである。ベルギーのトラピストビールも二本カゴに入れ、目に留まった水色の缶ビールに手をのばした。

ラベルには猫のイラストが描いてあった。折紙かなにかを切って、貼った感じで、いかにも女性が気に入りそうなデザインだった。缶に書かれた説明を読むと、色調と同じく、味もまろやかだそうである。加賀谷はほんの少し考えてから、カゴに入れた。つづけざまに、あと二本。せっかくだからともう三本。

（これからは、こういうところにも気を配らないと）

そんなことを思いながら、髪を掻き上げ、ビールコーナーをあとにした。通路を戻りつつ、ミニトマトをまるごと干したドライスナックと素焼きのナッツを選ぶ。店内を廻《まわ》り、キューブ形のチーズを一瞬宙に浮かし、ひっさらうようにキャッチしてからカゴに落とした。

夕食は冷凍しておいたキノコごはんを食べようと思っている。米にシメジとエノキを混ぜ合わせ、だし汁を張り、炊いたものだ。細かく刻んだ油揚げで味を深くした。これに味噌汁と、冷《ひ》や奴《やっこ》か炒め物が一品つく、というのが加賀谷の定番メニューだった。忙しいときには、キノコごはんのみになるのだが、味がついているので、うらさみしいきもちにはならない。

四十二歳、独身。学生時代からの習慣なので、自炊は苦にならなかった。そのころから、無駄な金は遣いたくなかった。

（ゆうべの味噌汁に、アレとアレを炒めて）

冷蔵庫のなかにある、もやしと豚肉を思い浮かべて、店のなかを歩いた。用は済んだが、もう少し、留《とど》まっていたかった。あとちょっとだけ、時間を潰したかった。今日は加賀谷にとって、記念すべき日だった。急いでコーポに帰っては、もったいない気がした。

乳製品のコーナーに戻った。何種類かの牛乳が陳列された棚の前に先客がいる。大柄で、太った中年女だ。手にした白バラコーヒーをじっと見ている。

（……風呂上がりに飲むのも悪くないな。風呂上がりといや、コーヒー牛乳だ。特に銭湯な。腰に手をあてて）

加賀谷は、ふと、そう思った。白バラコーヒーを凝視する中年女に見せつけるようにして、手をのばそうとする。白バラコーヒーは高級品だ。コーヒー牛乳のなかでは、と但し書きがつくから、高級といっても知れているが、毎日一円単位で節約している主婦にしてみれば、すごく大げさに言うと高嶺《たかね》の花だ。

つまり、成城石井の店内で、まさに穴があくほど見つめているこの中年女にしてみれば、買おうか買うまいか悩みに悩む代物《しろもの》なのだ。彼女の心理が、加賀谷にはよく分かった。加賀谷だって、記念日でもなければ外国製のビールなど買わないし、しゃれたつまみにも手を出さない。たとえ、世間的に見て悪くない収入があったとしても。

「ちょっと失礼」

のばしかけた腕をいったん引っ込め、さも買い慣れている者のように、中年女に声をかけた。買うのか買わないのか、さっさと決めろよ、邪魔なんだよ、という意もさりげなく——あくまでもさりげなく——匂わせながら。

「はぁ……」

中年女は気の抜けた声で応じた。頭も下げなかったし、その場を動こうともしなかった。手に持っていた白バラコーヒーを胸にあて、温めるようにする。

「ちょっと、失礼」

加賀谷は再度そう言い、中年女の前方に、さも窮屈そうにからだを入れた。そこまでしなくても白バラコーヒーは手に取れるのに。

中年女は、長めのジャンパースカートを身につけていた。色は灰色だ。なかに着ているのは黒のカットソーで、ちいさな埃《ほこり》がいくつもついていた。肌色のストッキングをはいた足はむくんだように太く、太いといえば、二の腕ももりもりと太かった。肩までの髪はあぶらで湿っていた。白髪の密集した分け目が薄く見え、化粧気のない頬は黄色みが勝ち、くすんでいた。

だらしなくて、だらしなくて、生活に疲れていて、と加賀谷は見て取った。だから、顔をよく見てやろうと思った。顔貌のストックは多ければ多いほどよい、というのが加賀谷の持論だ。いつか、かならず、役に立つ。

ふたたび白バラコーヒーに手をのばす。横目で中年女の顔を見た。すべてのパーツが中央に寄っている。眉が極端に上がっている。目はくりっとしているようだが、視線を下げているせいではっきりしない。団子鼻であることはたしかだ。大きめの口は絵に描いたようなへの字で、と観察していき、声が出た。

「ムス子？」

中年女がゆっくりと加賀谷を見上げた。うつろなまなざしで、かすかにうなずく。

「やっぱムス子か」

加賀谷は実に愉快そうに笑い、親指で「加賀谷」と自分を差した。

「加賀谷」

親指で胸を叩き、繰り返す。

「小中高いっしょだった加賀谷」

と満面の笑みで中年女を覗き込み、自分の顔をよく見せるようにした。

「……ああ」

中年女の顔に表情が戻った。夢から覚めたようだった。だらりと手に提げていた、布製のトートバッグの持ち手を握り直す。白バラコーヒーは胸にあてたままだった。

サイゼリヤに誘った。成城石井と同じビルに入っている。お茶を飲める店はほかにもあったが、ひとまずは近さで決めた。

食事をとる流れになったら、タクシーを拾って、渋谷に行こうと考えていた。少し高いが、旨い魚を食わせる居酒屋に連れて行ってやるつもりだ。その店を加賀谷が知ったのはつい最近だった。たいそう気に入り、何度か使っている。

ムス子には、念のため、「遅くなっても大丈夫？」と訊いていた。「……ああ、うん」。ムス子は曖昧にうなずいた。加賀谷はさっとムス子の左手に目を走らせた。薬指に指輪がないことを確認し、まだ独身か、と腹のなかでつぶやいた。

「二十二、三年ぶり？」

カモミールティーをムス子の前に置き、訊いた。

「最後に会ったのは、大学一年のときだったよな」

いや、二年のときだったっけ、と加賀谷はアイスコーヒーをテーブルに置いて、席についた。恐縮するムス子を座らせたまま、ドリンクバーから飲み物を取ってきたのだった。

「一年から二年になる春休み」

ムス子が答えた。案外はっきりとした口調だった。ティーバッグを軽く揺すって、カップから取り出す。また顔から表情が消えた。そのムス子の顔つきは、「能面のような」というのではなかった。放心状態に近いのだが、それともちがう。取り残されたような顔つきだった。表情が、心からも、からだからも、置いていかれたようだった。

「だとすると、二十二年と半年ぶり」

いやあ、ご無沙汰しました、と加賀谷は茶目っ気たっぷりに頭を下げた。

ムス子のようすは気にならないではなかった。だが、それは成城石井で見かけたときから強く感じた、あんまりうまくいっていないムス子の生活——もしかしたら、人生かもしれないが——のせいだろうと見当をつけていた。そんな状態で元同級生と思いがけない場所で遭遇してしまった、とまどいやきまりわるさも加味されているのだろうと。

「しかし、分かるもんだねえ。どんなに会ってなくてもさ」

ストローをアイスコーヒーに挿し、加賀谷は白い歯を見せた。満足そうに目を細めている。ムス子の今の境遇を案じたり、思いやったりすることよりも、加賀谷のなかでは、ムス子に会えた喜びが勝っていた。しかも、今日だ。今日、ムス子とばったり会うとは。くたびれた中年女をムス子だと気づいた自分を誉めてやりたかった。

「そうだね」

ムス子は背もたれにからだをあずけ、鼻をすすった。割合くりっとした目で加賀谷を見る。表情が戻った。といっても、仏頂面《ぶっちょうづら》だ。ムス子のいつもの顔つきだった。上がった眉、への字口。めったに笑わないこともあり、「ドラえもん」に登場するあるキャラクターになぞらえられ、小学生時代に、ムス子とあだ名がついた。

「結婚式かなにか？」

ムス子が花束と紙袋を目で差した。

「ああ、これ」

加賀谷は、傍らに置いてあったそれらをやや大仰《おおぎょう》に顎を引き、眺めてみせた。

「辞めたんだ、会社」

よくぞ訊いてくださいました、というような表情で、ムス子に一度うなずく。

「送別会は前もってやってもらったからさ、今日はデスクの整理と挨拶回り。で、花束や記念品をいただきまして、はい、サヨナラ、と」

「ほんとに？」

「ほんと、ほんと」

グラスを持ち上げ、チーッとアイスコーヒーを吸った。ストローから口を離し、ナプキンを取る。

「早期特別退職優遇制度に応募しまして」

とグラスの底を拭《ふ》いた。濡れたナプキンを握りしめ、テーブルのはしに転がし、「うちの会社」と理由を話しはじめ、「あ、まあ、一応大手なんだけど」と社名を告げる。

「お、すごいじゃん」

驚いたムス子のリアクションにおどけ顔で肩をすくめた。

ムス子のようすが、昔——つまり加賀谷がよく知っている、いつものムス子——によやく戻った。愛想なしで、いくぶんふてぶてしくて、女だてらに一匹狼《おおかみ》といったふうの、ちょっぴり近寄りがたいけど、頼もしいムス子。こどものときから。

「や、業績はそんなにわるくないんだよ。転ばぬ先の杖《つえ》の措置ってやつで。今回募集に応じたのは、普段から辞めようかどうしようか迷ってたやつがほとんどだったんだ。まあ、会社のほうから背中を押してくれた、みたいなね」

「へーえ」

ムス子はなぜか感心し、トートバッグをまさぐった。青いギンガムチェックの巾着《きんちゃく》から煙草《たばこ》とライターを取り出し、テーブルに置く。

「ずいぶんカワイイのに入れてんのな」

しかも、シガレットケースにしちゃでかいし、と加賀谷は少し笑った。ムス子の煙草入れには汽車ポッポのアップリケが貼ってあった。マチが四角く、こどもの弁当袋のようだ。

「そうかな?」

ムス子は唇をちょっとゆがめた。そこに煙草を一本くわえ、ライターで火をつけた。深く吸い込み、鼻から煙を出す。

「ていうか、煙草やめたって言ってなかったか？」

灰皿をムス子のほうに押しやり、加賀谷が訊ねた。腕を組み、

「二十二年前の情報だがな。おまえ、高校んときから吸ってただろ」

と言い添えた。

「そうだったっけ？」

ムス子は煙ったそうに目を細め、唇についた煙草の葉くずを指で取った。

「そうだよ。あのときはお好み焼き屋だった」

「あー、お好み焼き屋」

うん、お好み焼きな。ムス子は繰り返し、ひと差し指で煙草を叩き、灰を落とした。

「覚えてるか？」

加賀谷は身を乗り出した。

「なんとなくはね」

ムス子は煙草をくわえたまま、襟足をさすった。

「なんとなくかよ」

どさりと背もたれにからだをもたせかけ、加賀谷は「なんだ、それ」と足を軽く踏みならし、大笑いした。ぴたりと止めて、またテーブルに身を乗り出す。肘を片方つき、そこ

に顎をのせる。

「おまえの一言で、こんにちのおれがあるんだぜ？」

言うと、ムス子は割合早く答えた。

「んな、大げさな」

煙草を揉み消し、付け加えた。

「あたしが、加賀谷が四十二で会社を辞める片棒担いだって言うのかよ？」

んな、ばかな、とかぶりを振る。よごれた髪はあぶらで湿っていたから、小学生だったときのようにはサラサラと揺れなかった。

「じゃなくてだな」

加賀谷は唇をゆっくり舐めた。

「いいか、ようく聞けよ、ムス子」

と、饒舌《じょうぜつ》に語りはじめる。


——終電が行ったばっかの改札で、あ、新宿な、新宿。今日みたいにばったり会っただろ。ムス子じゃないか、ってやっぱりおれのほうから声かけてさ、おまえは、お、加賀谷、久しぶり、みたいな素っ気ない感じで、だもんだから、なんだよう、とか、おれ、ちょっとふざけていちゃもんつけようとしたら、吐いちゃってさ。げろーって。そしたら、おまえ、大丈夫か、っておれの背中さすってくれて、駅員さん呼んでくれて、代わりに謝ってくれたじゃん。

——おれはサークルの飲み会の帰りだったけど、おまえはしらふでさ、むしろなんかちょっと顔色わるいかな、って感じだったけど、吐いたら、腹すくよね？　とか言っちゃって、お好み焼き食おうって言い出して、おれ、もう金ないんだけど、って言ったら、おごってやるってドーンと胸、叩いて、始発出るまで食って食って食いまくるぞう、なーんてわめきながら、おれを二十四時間営業のお好み焼き屋に連れて行ったんだよな。

——威勢よかったわりに、おまえ、あんまり食べないしさ、酒も飲まないし。でも、おれにはじゃんじゃん飲んで、どんどん食え、って。ところが、おれもそんなには食えなかった。飲んだけどな。吐いちゃったから、一から飲み直すって感じで、飲んじゃったけど。

——で、改めて酔っぱらってさ、おれ、おまえに打ち明けたじゃん。覚えてない？　ほんとに？

——おれ、実は小説書いてんだよね。ひそかに新人賞にも応募してんだ。ずっとだめだったけど、こないだ最終選考に残ったんだよ。受賞したら本出してもらえる賞でさ、その賞獲った本はある程度はかならず売れると言われてて、すんげえチャンスがめぐってきたな、と、おれ、胃がキリキリするくらいドキドキして、選考会を待ってたんだけど、結果、あえなく落選。

——って、言ったと思うんだけど、覚えてない？　あ、なんとなく思い出した？

——落ちたことは落ちたけど、最終選考に残ったってことは、まあ、ちょっとは才能あるってことじゃん？　おれ、小説家になろうって本気で決めたんだ、って言ったら、おまえ、がんばれ、って言ってくれたよな。いつもどおりの仏頂面だったけどさ。

——筆で立つまで就職とかはしない覚悟なんだ、働いちゃうとどうしても執筆の時間、なくなるじゃん、毎日の生活に流されてさ、志を維持できなくなるような気がしたし、サークルの先輩とかでも、学生時代から出版社から書評とかの依頼があって、その伝手《つて》で、プロになったひともいるし、最悪、小説家になれなくても、書くことで食っていけると思うんだよね、って、おれ、なんか、ぽつり、ぽつりって感じで、問わず語りに打ち明けたらさ、おまえ。

——怒ったじゃん。いいかげんにせえよ、加賀谷、って。この腰抜け野郎とか、最初っから腑抜けじゃないか、とか、けっこう罵詈《ばり》雑言《ぞうごん》浴びせたじゃん。

——怒ってたけど、顔はそんな怒ってなくてさ。むしろめずらしく微笑《ほほえ》んでた感じで。竹中直人の「笑いながら怒るひと」じゃないんだけど、あれより、もう少し複雑な顔つきだった気がする。怒ってるんじゃなくて、真剣すぎて、怒ったように見えたのかもしれない。他人事《ひとごと》なのにガチになってる自分を笑ってたって感じかな。

――やりたいことがあるんなら、ちゃんと就職しなきゃだめだ、って断言しただろ、おまえ。在学中にデビューできたらどうする、っておれが突っ込んだら、最初っからフラフラする気満々なのがだめだって言ってるんだ、って、おまえ、すげえシリアスな顔でおれに迫ってきたじゃん。

――やりたいことが見つかって、あんたの言い分によると、実現する可能性があるんだから、やみくもに結果だけを追っかけるな、焦るな、よく似てる別のものでよしとするな、ゆっくり、真面目に、こつこつ、急げ、ってたいへんな剣幕で。

――ん、ときどき目ん玉から火が噴き出るくらい真剣一色だったけど、やっぱ、でも、かすかに笑ってたような気がするんだよな。なんかこう、あったかくて、ふっくらした空気を発してたっていうかさ。

――おっかさん、って感じ？　なわけないけど、二十歳になるかならないか同士で、おっかさんとか、変だけど。

――「ドラえもん」のさ、本家のムス子が登場する回に出てくるひみつ道具、あれ、なんだったっけ？　そうそう、表情コントローラー。さすがにそれは覚えてんだな。たしか、あれ、最初は効かなかっただろ。ムス子の笑わない力がすごくて。でも最後は笑いすぎてムス子の顎が外れちゃうってオチ。

——あのときのムス子のおっかさんみたいな顔つきは、さしもの表情コントローラーでも無理だったんじゃないかなって、おれ今でも思ってる。だってあれは、おまえの心から自然と滲み出てきた表情じゃん？　見かけによらず友だち思いっていうか、つい親身になっちゃう、おまえのいいとこが醸し出した表情じゃん？

——で、まーなんか知らないけど、しーんとしちゃってさ。そしたら、おまえ、急に、ふられたんだよね、とか言い出して。しかも普通の調子で。だから、おれ、そうか、がんばれって、おまえがしてくれたのとおんなじように声かけたんだけど、このくだりは、ふうん、そっか、覚えてないか。

——でも大学はやめない、とか、やめさせられるまでやめない、とか、いづらくなっても居座ってやる、とか、なんか、けっこう飛躍したこと言い出して、おれ、よっぽどショックだったんだな、と思ったもんだよ、うん。あ、これも忘れた？　権力になんか負けるもんかって、プロレタリアートっぽく息巻いたことも？　興味本位で手を出しやがってとか、挙げ句の果てに保身一辺倒かよとか、野郎、死ねとか、ブツブツ言ってたようだったけど、これも？

——あのあと、風の噂で、大学やめて、一年だか二年だかして、よその大学に入り直したって聞いた。その後、院に進んだって。おまえ、高校んときから研究者になりたいって言ってたもんな。なんだっけ、たしかバケガク系だったよな。な？　だよな。

——ま、な、テレビや雑誌で仕入れた情報で申し訳ないけど、学者も、今、大変なんだろ？　みんながみんな教授になれるわけないもんな。非常勤とかだと、かなりキツいらしいし。いやいやいやいや、これはおれのひとりごとってことで。なんかごめん……って、あ、そうなの、講師なの。すごいじゃん、ムス子。頭よかったもんな、昔から。ゆっくり、真面目に、こつこつ、急いだってわけか、なるほど。

——おれもそうなんだよ。一度最終選考に残ってからはスランプで……。就職を機にすっぱり諦めようと思って、十年くらい書かなかったんだ。でも、そのあいだ、ずうっと、おまえに顔向けできない感覚っていうのがあってさ。夜寝る前に、あのときのおまえの顔がちらついて、はっとしたきもちになったりしたんだ。うん、そうだな、おまえの責任じゃないけど。いつもおまえを裏切ってるような感じがうっすらとあったのは事実。おれが勝手に思ってることだけど、でも、事実。

——そして、また、書きはじめたってわけだ。一次落ちを繰り返して、四年前に見事受賞の運びとなりましてですね。以後、年に一冊は出してるから、著作は現在四冊。自分の口から言うのもなんだけど、どれもそこそこ売れててね。連載も持ってんだ。ペンネーム？　柏木純也《かしわぎじゅんや》。知らない？　あれ、おまえ、ミステリとか読まないクチ？　ふうん。すごく有名ってわけじゃないけど、新人のなかでは名前は知られてるほうだと思うよ、おれ。今度、本屋で探してみてよ……って、それはともかく、担当編集者からも、そろそろ専業でいけるんじゃないですか、って言われてた矢先の早期特別退職優遇制度だったんだよね。

――ムス子の教えを守って、ていうか、おれ流にアレンジした結果、当面の生活には困らない程度の貯金もできてたし、それプラス多めの退職金だろ？　連載も何本か抱えてて、かなりイッパイイッパイだったし、限界かな、ってこともあり、おれなりに、まあ、勝算もあってだな、会社辞めるなら今だな、と。歳も歳だし、賭《か》けるなら、今かな、と。

……ムス子は？　あ、ちょっと流れで訊いてみただけで、特に返事を期待してるわけでは
――独り者だしね。うまい具合にというかなんというか、迷惑かける家族もいないし。

……あ、独身。なるほど。

――おれが言うのもどうかと思うけど、おまえ、もう少し、見てくれにかまったほうがいいかも、だぞ。研究に打ち込むのも結構だけどさー。二十二年前の失恋のショックから未だ立ち直ってないわけじゃあるまいし。

――おれの担当編集者って女性が多くて、おれらと同い歳で独身のひととかもいるんだけ

ど、きれいにしてるぜえ。全然、現役って感じ。もちろん、若い担当編集者もいるよ。二十代がひとり、三十代が三人、四十代がふたり。女性は各世代、ひとりずつ。――で。専業作家スタートイブの今夜はちょっと奮発して、少し高めのビールとおしゃれなつまみで一杯やろうと思ったんだ。女性の担当さんにプレゼントしようと、カワイイビールも買ってしまったという。ひとり二缶ずつ、六缶。一缶だけあげるって、なんか、しみったれてるかな、って気がして。うん、そう。女性だけ。男は、こういうちっちゃいプレゼント、喜ばないでしょ？

「やあ、でも、そんな今日という日に、ムス子と偶然顔を合わせるとはなあ」

加賀谷はアイスコーヒーのグラスを揺すった。すっかり氷がとけていた。液体の上部の色が薄くなっている。

「神さまの粋《いき》なはからいってやつかもな」

そうひとりごちて、ストローに指を添えた。チーッと吸い込んでから、笑顔で訊いた。

「メシ、行くか？」

渋谷に旨い居酒屋あるんだよ。編集者に連れて行ってもらったんだけど、気に入っちゃってさ。よその版元の編集者との打ち合わせもその店にしてもらってるんだ、と早口で言った。

「なあ、付き合ってくれよ、ムス子」

とつづけた。つい先ほどまでとはちがい、加賀谷の声は落ち着いていた。ぬくもりもあった。

「頼むよ」

「……と言われてもねえ」

ムス子は、への字口のまま、煙草をトートバッグに放り入れた。

「加賀谷のきもち、分かるよ。幾分上っ調子に見えるけど、それは面白おかしく伝えたいってきもちからなんだろ？　要はサービス精神のなせるわざだ。あたしは加賀谷の業界に通じてないからね。フィクションもほとんど読まない人間に、創作の苦しみなんて語れないと思ったのかもしれないし。もしかして、鼻で笑われると思ったとか？」

ひどく億劫そうにそう言って、口もとをゆるめた。だれにだって、苦悩くらいあるさ、と頭を掻く。ふけが落ちた。

「家に帰りたいんだ。加賀谷に会ったおかげで、白バラコーヒーを買う踏ん切りもついたし」

ムス子はトートバッグを叩いてみせた。

「……旨いよな、それ」

半拍遅れて、加賀谷が応じた。少しがっかりしていたのだ。同時に、白バラコーヒーを胸に押し当てたまま、レジに向かったムス子の後ろすがたと、代金を支払い、頭を下げてレジ袋を受け取ったムス子の横顔を思い出した。

「旨いよね、これ」

トートバッグを見ながら、ムス子が答える。顔のなかから、表情がまた遠ざかりはじめた。

「好きなんだ？」

訊くと、

「こどもがね」

と答えた。

「好きだったんだ、昔から」

とつづける。「小学生だったかなあ、鳥取の親戚ん家《ち》に連れて行ったときから」と置いて行かれたような顔つきで、ゆっくりと付言した。

「いたんだ、こども」

加賀谷の口調は驚きのあまり、平坦になった。そっか、おまえもいろいろあったんだな、という定番の科白にたどり着くまで、もう少し時間がかかりそうだった。

「いたよ、こども」

ムス子は加賀谷に顔を向けた。

「で、なに、今何歳?」

少し笑いながら、加賀谷が訊く。ようよう「普通の感じ」をこしらえた、というふうだ。

ムス子も同じような「感じ」で答える。

「二十二」

え、と加賀谷の口が開いた。

「こないだ、亡くなった」

加賀谷の口は開いたままだった。

「鉄道事故。うん、事故だって、そう警察が言ってた。あの子、酔ってたんだってさ。あたしとちがって下戸《げこ》なんだけどね。でも、その日は、酔って、ホームから落ちたらしいよ」

だから事故なんだって、とムス子は加賀谷を見つつ、トートバッグの持ち手をいじった。

いじりながら、言った。

「ムス子の息子が死んだってこと」

三浪してようやっと合格したのにねえ、ととてもちいさな声でつぶやいた。別に、あたしは、あの大学じゃなくてもよかったんだけどねえ。

加賀谷は開けていた口を閉じた。唾を飲み込み、整理する。事情は分からない。分からないけれど、すっかり分かったような気もした。今、おれにできることは、とそのことが頭を占めた。胸のうちがいやに狭くなった感じがする。鼓動が重くひびいた。

おれはムス子にどんな言葉をかければいい？　意気揚々と、こちらのことばかり調子に乗ってべらべら喋《しゃべ》ったあとに。

こんなときこそ、表情コントローラーがあるといいのにな、そしたらおまえを笑わせられるのに……なんてのは凝りすぎててだめだ。あんま自分を責めんなよ、ってのも常套句《じょうとうく》すぎて、なんだか軽い。元気出せよ、は、もっと軽くて、ばかみたいだ。今はまだつらいかもしれないけど、時間が解決してくれるから、みたいなことも、口に出したとたん、おざなりな言葉になってしまいそうだ。

加賀谷は、できれば、あの日、ムス子が言ってくれた、「ゆっくり、真面目に、こつこつ、急げ」というフレーズを使って、ムス子を慰めたかった。ほんの少しでも、心を軽くしてやりたかった。あたためてやりたかった。しかし、思いつかなかった。

「……だな」

とひとりごち、なにが「だな」だよ、と腹のなかで自分の尻を蹴り上げていたら、ムスコが席を立った。「加賀谷、サンキューな」と言った。「面目ない」と、かすかに笑った。

お風呂、晩ごはん、なでしこ

終業時間だ。五時半だ。きょうは定時で上がるのだ。

フージコさんは机の上を片付けた。ボールペンやメモ用紙を引き出しにしまう。その引き出しから布を出し、デスクトップパソコンにキチンとかけた。

フージコさんの会社では、そういう決まりになっていた。仕事を終えたら、パソコンに布をかけるのだった。事務員にそれぞれパソコンが割り当てられたとき、社長から通達があった。

「就業時間外（パソコン未使用時もふくむ）は布をかけ、保護すること。なお、布は各自で用意する」

フージコさんの布の柄は北欧調だった。数本の枝に数羽の鳥が止まっている。布をかけておくようにと聞き、鳥を連想したのだった。鳥かごにも、夜のあいだは布をかける。そうすると鳥は落ち着いて眠れる。パソコンも同じかもしれない。

私物入れの巾着を持って、立ち上がった。ざぶとんのへこみを直して、椅子を戻す。

巾着もざぶとんカバーもパソコン布と同じ柄だった。フージコさんのお手製である。ミシンは持っていないので、ちくちく縫った。布地が余り、ランチョンマットやお弁当包みもつくってしまった。だいたいは切ってふちをかがるだけ。休みの日に、ラジオを聴きながら手を動かしていたら、一日でできた。

「お先に失礼します」

同僚に挨拶して、フージコさんはロッカー室に向かおうとした。

「お。早いじゃん。デート？」

声をかけたのは、事務長だった。事務所では唯一の男性社員である。五十代半ば。いくつか下の奥さんとは職場結婚だったらしい。奥さんは本店に勤めている。うしお商事の直営店である。

うしお商事は、地元では大手の干物店だった。全国的にもちょっとは名が知れている。直営店が二店舗あった。空港にもデパートにも出店している。去年、居酒屋も開店した。

「アラアラ、おやすくないゾ」

事務長に乗っかったのは、定年間近のベテラン女性事務員だった。こどもも、孫もいる。彼女も職場結婚だった。いくつか上の夫は工場勤務。工場長だったのだが、定年を機にヒラになった。現在の身分は嘱託社員である。

「定時に上がるからって、すぐにデートと言うのとか、もうホンットに……」

もっとも若い女性事務員が聞こえよがしにつぶやいた。彼女は去年、新卒で入った。事務所が迎えた久々の新人だった。フージコさんにとっては、初めての後輩である。

それまでフージコさんは、事務所でもっとも下っ端だった。ずうっとフージコちゃんと呼ばれていたのだが、後輩ができてからは、さん付けに呼び名が変わった。入社二十年目、三十九歳のときだった。

後輩は、大学院を出たという。高卒ぞろいの事務所では抜きん出た高学歴の持ち主だった。昭和のお茶の間みたいな事務所の雰囲気になかなかなじめず、入社以来、波風を立てつづけている。

「んー、まさかのまっちゃんですよ」

フージコさんは足を止め、ニコニコと笑いながら同僚にまとめて答えた。その顔のまま歩き出し、ロッカー室のドアを開けた。ドアを閉め、はー、と息を吐き出し、肩を揉む。

うしお商事の事務所では、とくに用事がなくても、終業時間後三十分は職場に残り、雑談するのが約束ごとになっていた。

フージコさんは、たまに雑談せずに帰ることがあった。たしか十年くらい前からだった。そのころまでは、終業時間になったら、もっとも下っ端として、お三時同様、お茶をいれ、お菓子を配っていた。

ある日、事務長が、「就業時間外なのだから、お茶やお菓子はおのおの用意することにしよう」と提案し、その任から解放された。「われわれに遠慮せず、帰りたいときは帰っていいんだからね」と事務長に言われ、そのそばでベテランが「そのとおり」とうなずくのを見て、フージコさんは週に一度か、十日に一度、雑談をすっぽかすようになったのだった。

毎度毎度じゃあんまり遠慮がなさすぎると考えた末の間隔だった。事務長とベテランが、同僚以上不倫未満というような、ちょっと色っぽい感じの仲よしなのは察していた。なるべくたくさん、ふたりっきりにさせてあげたほうがいいのかな、とも思ったが、へたにそうすると、気づいていることに気づかれるおそれがある。

わたしに気づかれたと知ると、ふたりは特別、きまりがわるいはず、とフージコさんは考える。だれかにきまりのわるい思いをさせるのが、フージコさんは好きではなかった。それって、なんか、チョットかわいそう、と思う。

事務長とベテランはフージコさんを、いくつになっても色恋にかんしては、てんでねんねだと信じ込んでいた。そもそも少々愚鈍な者だと見くびっているふしがあった。

フージコさんは、お茶汲《く》みをふくめ、仕事には真面目に取り組んでいる。仕事の話題なら、打てば響くというほどではないものの、動きのある会話になるのだが、それ以外のことは、なにを訊いてもはっきりしないところがあった。

意見をもとめられても、ニコニコと笑いながら、「あー、そうですね」「んー、そうかもしれないですね」と答えるきりだ。「えっと、そういうこともあるかもしれないですね」

の場合もある。「あー、んー、それはなきにしもあらずとはいえないですね」とフージコさんにしては否定的に答えるときもあるにはあるが、少ない。

つまり、フージコさんは、基本的に、ひとの意見に同調する。事務長とベテランの意見が対立しても、どちらにも同じように「そうですね」とうなずく。

うなずいておけば間違いないだろう、という下っ端ならではの処世術でそうしているのではなく、心からそう思っているふうに見える。フージコさんは自分の意見というものを持っていないようすなのである。

フージコさんの見かけも、愚鈍のイメージにひと役買っていた。小柄で、ぽっちゃり型。小粒の目と目は少し離れていて、鼻ぺちゃである。色は白いが、皮膚がやや厚いので透明感はない。

でも、髪型は今ふうの「ゆるふわ」にしているし、お化粧もけっこうつくり込んだナチュラルメークだった。お洋服は『クウネル』や『リンネル』を参考にして選んでいる。

おしゃれにはそんなにお金をかけられなかった。さのみ多くないお給料で、独り暮らしの生活をやりくりしなければならない。お化粧品もお洋服も、おもに通販サイトを利用している。でなければ量販店だ。

美容室だけは、地元では有名なサロンに通っていた。フージコさんの担当は、若くて恰好いい男性美容師だった。ハサミやクシをピストルみたいに細い腰に提げていて、ぱらりとはやした無精髭が決まっている。髪にさわられながら、あれこれ話しかけられると、きもちがはなやぐ。

なのに、事務長もベテランも、フージコさんを洒落《しゃれ》っ気のないひと、と決めつけていた。フージコさんのおしゃれはナチュラルすぎて、ふたりには伝わらないらしい。まあるく色をつけたチークも、ふたりには「おてもやん」と不評である。

フージコさんは、自分が事務長とベテランに愚鈍だと思われていることを知っていた。そう思われるのには慣れていた。

こどもの時分から、「にぶい」とか「ぼんやり」と言われつづけた。よくて「のんき」だった。通知表には「協調性がある反面、主体性がない」と書かれることが多かった。小学校五年生のときの担任には、「ひとの言いなりになってばかりではいけません」とコンコンと諭された。担任は、ちょっとイライラしていた。ついに「そんなだから、あなどられるんです」とまで言った。

しかしながら、フージコさんは、あなどられている、と思ったことなど、ついぞなかった。昔も、いまも。取るに足りない者と目されている自覚はあった。けれども、それと「あなどられている」とが結びつかないのだった。

フージコさんだって、いろいろ考えている。意見も持っている。それがわざわざ発表するほどのものかどうか、自信がないだけだった。

加えて、当意即妙というか、スピーディな受け答えが苦手である。フージコさんは、考えをまとめるのも、それをどう表現すればいいのか探るのにも少しだけ時間がかかる。

さらにフージコさんは、自分について語るのが恥ずかしい、と思ってしまうタイプだった。だから、事務長とベテランにふたりがかりで「着るもの、もうちょっとなんとかしたほうがいいよ」とか「寝癖くらいは直しなよ」と言われ放題言われても、ニコニコと「あー、そうですね」「んー、そうかもしれないですね」と応じるにとどまった。


「自由すぎると思うんですよね」

私服に着替え、綿麻混の巻物を巻いていたら、ロッカー室に後輩が入ってきた。

「フージコさん、たまにちゃっちゃと定時で上がるじゃないですか。それって掟《おきて》破りじゃないですか。なんでフージコさんだけ許されるんですか」

いくら、のほほんキャラだとしても、と後輩は紺色のスカートをたくし上げ、ストッキングを脱いだ。くちゃくちゃっとまるめ、バッグに突っ込む。細い脚より細く見えるデニムをはきながら、

「きょうはあたしも、あとにつづかせてもらいましたよ。きのうはゴールデンウィーク明けで超忙しかったし、あたし、すっごく疲れてるんですよね」

とつばきを飛ばした。スカートを脱ぎ、ベストを脱ぎ、それらを手早くハンガーにかけ、白いブラウスの上のボタンをふたつ外す。

「あー、でも、用事がなかったら遠慮せずに帰っていいって……」

フージコさんが言いかけたら、「それは建前！」と遮られた。

「本気でそう思ってるわけないじゃないですか。だから『お。早いじゃん。デート？』なーんて嫌みったらしく言うんですよ。まっ、あたしには言いませんでしたけどね。とにかくですね、あのふたりは、『うしお商事』が世界のすべてなんですよ。ビックリするほど視野狭窄《きょうさく》なんですよ」

メタリックなシルバーのバッグを肩にかけ、長い髪をひとつに結わえていた黒いゴムを外して手首に通し、ロッカーの鍵を閉め、「お先です」と後輩はロッカー室を出ようとした。

「あ」

呼び止めたら、「なんすか」とめんどくさそうに振り向く。ファンデーションは塗っていないが、丁寧に眉を描き、太いアイラインを目尻で撥《は》ね上げていた。ヌーディカラーのリップを引いて、グロスでテッカテカに仕上げている。顔立ちとあいまって、ネイティブアメリカンのようだ、とフージコさんは思っているのだが、もちろん口にしない。

「制服……。ブラウスのまま、帰るの？」

「時間、もったいないじゃないですか。せっかく早く帰れるのに。それに、このブラウス、きょう洗濯するんですよ。どうせ洗濯するんだから、少しでも着倒したいじゃないですか。朝、着てきたカットソーは二日めだけど、帰りに着なかったら、明日も着れるかもしれないじゃないですか。きのうはちょっと寒かったから、汗、かかなかったし。そしてきょうはちょっと暑いし」

「んー、そうかもしれないけど」

「お先でーす」

後輩は勢いよくドアを開け、ロッカー室を出て行った。フージコさんは、はー、と息を吐き出した。

合皮の茶色いボストンバッグを左の肘にかけ、右手には空色の折りたたみ式日傘を持って、フージコさんはロッカー室を出た。数歩で事務所に突き当たる。

「お先に失礼します」

お茶を飲み、お菓子を食べながら談笑する事務長とベテランに、もう一度、声をかけた。

「お疲れ」

事務長は、ヨッ、というふうに片手を挙げ、

「ねえ、ちょっとフージコさん」

とベテランはフージコさんを手招きした。フージコさんはニコニコとベテランに近寄った。事務長は自席にいたが、ベテランは後輩の机の前に立っていた。右手には湯飲み、左手には海苔《のり》せんべい。

ちなみに、机の配置は、窓を背にして事務長、その手前にベテランとフージコさん、フージコさんの隣に後輩となっている。ベテランとフージコさんは向かい合っていて、後輩の向かいは空き机だった。

ここに、ときどき、社長が腰かけ、皆に気さくに話しかける。社長室および会議室は三階にあった。事務所とロッカー室は二階。そして一階は店舗だった。二号店である。本店は川を挟んで向こうにあった。市場のなかだ。工場もすぐ近くにある。市場の裏手だ。

「どう思う?」

ベテランが後輩のパソコンを顎でしゃくった。しわくちゃの手ぬぐいがバサッと、斜めにかかっている。きちんとかければ、ギリギリでパソコン画面を覆えるのだが。

「女史は、もう、なんか、万事荒っぽいんだよね」

ベテランは海苔せんべいを口に入れた。右の奥歯に差し入れるという入れ方だった。いくぶん顔をかたむけ、咀嚼する。

ベテランと事務長は後輩を陰で「女史」とか「物知り博士」と呼んでいた。「現代っ子」と言うときもある。当初は後輩に直接呼びかけていた。だが、そんな呼び名が後輩に受け入れられるわけがない。

「表現がいちいち昭和」とシニカルに唇をゆがめられた事務長は、「バリキャリ」という言葉をひねり出したが、さらに強い抵抗にあった。「ていうか、なぜ、普通に名前で呼べないんですか。なぜ無理矢理あだ名をつけようとするんですか」と詰め寄られ、以降、表向きは苗字にさん付けとなっている。

「仕事もね、手早いんだけど、けっこう、おっちょこちょい間違いがあるし」

ベテランは顎に手をあて、大げさにため息をついた。「おっちょこちょい間違い」とは、ケアレスミスのことである。

「あー、んー、そうかもしれないですけど……」

フージコさんの相槌《あいづち》は無視し、

「そのくせ、アタシは仕事できる女ですって顔して。社長と話すときでも腕組みしちゃって、TPPがうんたらかんたらって滔々《とうとう》と」

とまさに苦虫を噛み潰したような表情でつづけた。

「TPP問題はわれわれの業界も決して無関係じゃないからなあ」

事務長がとりなすように口を挟んだ。

「いいんじゃないの？　職場にひとり物知り博士がいれば、なにかと便利だし」

ふんぞり返って、耳の穴をほじくった。

「まーでも、可愛げはないわな。なにかっていや、すごい剣幕で突っかかってくるし」

そう付言し、もの言いたげなベテランをなだめた。

「あたしたちをバカにしてんのよ。てことは『うしお商事』をバカにしてるってこと。自分はこんなところにいるような人間じゃないって思ってんのよ」

独白したあと、ベテランはフージコさんに目を向けた。

「知ってる？」

と訊く。

「あー、たぶん、知らないです」

フージコさんが答えるやいなや、

「女史、マスコミ志望だったんだって。ジャーナリストっていうの？　朝日とか読売とか片っ端から受けたらしいよ」

　最終的にここしか受からなかったけど、と口もとに手をあて、低く笑った。

「……考えようによっちゃ、かわいそうな子よね。ここでしか威張れないんだから」

　うんうん、とうなずく。事務長もうんうんとうなずいている。

「まだ若いから。じき、こなれるさ」

　事務長は机の引き出しから耳かきを取り出し、本格的に耳掃除を始めた。さっきまで海苔せんべいを置いていたティッシュに耳あかをなすりつける。

「だね。長い目で見ないとね」

　ベテランは後輩がバサッとかけた手ぬぐいを直しながら、いやにしみじみとつぶやいた。

　ふと、というようにフージコさんに視線を戻す。フージコさんは両手で持った日傘をねじるような仕草をして、ニコニコしていた。ベテランがゆっくりとかぶりを振る。

「フージコさんも、もうちょっとシッカリしないと」

　腰に手をあて、からだをフージコさんに向けた。

「いつまでも可愛げ一本では、やっていけないんだから。あのね、厳密に言うと、『ぼんやり』と『可愛げ』はちがうから」

　耳のかなり奥まで耳かきを入れていた事務長もベテランにつづいた。

「いつまでも、そんなてるてる坊主みたいな恰好じゃ色気もシャラケもあったもんじゃないぞ」

と豪快に笑う。フージコさんの装いは、大好きなふんわりシルエットのワンピースだった。色は淡いグレー。丈の長い藍色の半袖カーディガンを重ね、クリーム色のレギンスを着用し、激安サイトで購入したビルケンシュトックのサンダルをはいていた。

「女史といい、フージコさんといい……。帯に短し襷《たすき》に長しとはこのことね」

疲れるわあ、とベテランは事務長に流し目めいた視線を送った。その目がしっとりと濡れていた。歳のわりには女性ホルモンの分泌が豊富なようだ、とフージコさんは見て取った。

「足して二で割りゃ丁度いいんだけどなあ。うまくいかないもんだなあ」

事務長が応じた。ベテランの濡れたまなざしを受け、太い眉を心持ち上げている。青々とした髭の剃《そ》り跡をゆっくりと撫でる。

「まあ、でも、うまくまとめてくれてるよな。さすが、年の功」

と茶化しながらベテランを誉めた。ふふふ、とベテランが厚い唇をすぼめて笑う。この事務所にまともな人間はあたしたちふたりだけ、あたしたちでこの事務所はもっている、というムードが漂う。

「……お先に失礼します」

ころあいを見て、フージコさんは事務所をあとにした。定時で上がるつもりだったのに、結局、いつもと同じ時間になった。


フージコさんのアパートは街の西のほうにある。

事務所は街のほぼ中心（少し東側）にあった。駅まで徒歩十五分。そこからバスに乗る。バスに乗るまでは、駅ビルをぶらつく。駅ビルにはたくさんのショップが入っていた。見ているだけでも愉しくて、閉店時間までいることもしばしばあった。

でも、きょうは、ちがう。某ショップを覗くだけにとどめるつもりである。四月の半ばから、勤め帰りには、かならず、某ショップを覗くことにしていた。フージコさん好みのワンピースが入荷されたのだった。

タキシードみたいな白い立ち襟のシャツワンピースだった。色は青みがかった濃いグレー。袖はない。でも、ただのノースリーブじゃなくて、立ち襟の部分をいかし、ホルターネックっぽくカットされている。背中もざっくりと開いていた。清潔だが、セクシーだ。フージコさんはこういうワンピースも好きなのである。すごく洗練されている、と思う。

値段もそんなに高くなかった。高いは高いけれど、ボーナスが出たら買える。どこに着ていけばいいのか分からないけれど、えいっと思い切れば買える値段だった。

問題は、フージコさんには、きっと、絶対、似合わないことだった。フージコさんは首が太くて短いから、立ち襟のシャツなど着たら、顔がめり込んで見えてしまう。

大胆なカッティングのノースリーブというのも問題だった。むっちりした肩と腕がごろんと出る。背中の開きも問題と言えた。そこにも鷲摑《わしづか》みにできるほどお肉がついている。丈もジャストサイズと言いがたかった。マネキンで見ると膝丈だが、フージコさんが着たら、ふくらはぎの真ん中あたりになるだろう。

でも、諦めきれなかった。

着られないけど、欲しかった。

もしも、ボーナスが出るまで売れなかったら、買っちゃうかも、とうっすらと思った。いやいや、着られないものに大枚はたくのはもったいないから、バーゲンまで待つとするか。それまで残っていれば の話だけど、七十パーセントオフくらいになれば……と、そんなに本気ではないけれど、まんざら絵空事でもないような感じで、算段していた。

左の肘に小ぶりのボストンバッグを提げ、両手で折りたたみ式の日傘をねじりながら持ち、てくてく歩いて、フージコさんは某ショップに着いた。

ウインドウをざっとながめてから、なかに入る。そう広い店ではないが、マネキンが着ていないと、ハンガーにかけられてしまうので、探すのがたいへんだ。一枚一枚、見ていった。丁寧に、見ていった。

はたして、目当てのシャツワンピースはなかった。きのうまでは、あったのに。ゴールデンウィークのあいだも売れずにあったのに。

フージコさんは、深く息を吐き出した。日傘でもって、肩をトントンと叩く。本気で買うつもりなんてなかったけど、こころのなかでつぶやいた。だって、そんな無駄遣いなんてできないんだもの。老後の蓄えも必要だし。ちょっとずつでも今からコツコツ貯《た》めとかないといけないんだもの。


バスのなかでは座れなかった。

ひとつ席が空いていたのは、乗り込む前にチェック済みだった。しかも、運転手さんのふたつ後ろの、座面が高くなっている席だった。フージコさんはその席が好きだった。高くて、いくぶん窮屈で、おもしろい気分になる。だが、フージコさんがもたもたとステップを上がっているあいだに、若い男性にヒラリと追い抜かれてしまった。

さして長い距離ではないけれど、やっぱり座って帰りたかった。窓に映った自分のすがたを見て、フージコさんはそう思った。

まだ夜になっていなかったから、バスの窓に映るすがたは、鮮明ではない。しかし、ずんぐりむっくりの体形であることは確認できた。一日ぶんの疲労が加わり、朝より太ったようである。なおかつ、老けたようである。顔の造作までは薄暮《はくぼ》の窓では確認しきれなかったが、頬が朝より垂れているのは分かった。

そろそろふんわりシルエットのワンピースも卒業かなあ。もう四十だしなあ。

だいたい毎日思うことを思った。その思いを頭のなかにプカリと浮かべておいたまま、きょうあったことをアトランダムに反芻する。

納品伝票の数量が間違って打ち込まれていたことを後輩に伝えたら、「知ってますけど？」とすごまれた。後輩は「ホンットにたったいま気づいて直すところだったのに」とひとりごち、自分の仕事量はハンパないから少しくらいのミスはやむを得ない、というようなことをつぶやいた。

ベテランが「頼まれもしないのにフージコさんの仕事を横取りしといてその言い草はどうなのかなー」とこれもまた独白で応戦し、後輩が「だって見てられないじゃないですか。手がのろくて」と独白。ベテランが「フージコさんはほとんどミスしないし、結果的には時間内でやれる子なんだもんねー」とフージコさんに笑いかけ、「仕事をぶんどられて、その上ミスがあったらフージコさんのせいになっちゃうんだから、踏んだり蹴ったりよね」と後輩に聞こえる程度に声をひそめた。それを受けて後輩が「はいはい、分かりました。今後は一切フォローいたしません」と宣言したのだった。

フージコさんはどちらの言い分にもニコニコとうなずいていた。事務長は終始聞こえないふりをしていた。

ベテランと後輩が揉めるときは、たいていフージコさんが絡んでいた。逆に言うと、フージコさんをダシにして、ふたりは口喧嘩《くちげんか》をした。

どちらも姉御肌だから、とフージコさんは思う。ふたりとも、わたしを見てられないんだな。イラついちゃうんだろうな。で、黙っていられなくなっちゃうんだな。あ、そうか、てことは、親切なんだ。うん、きっと、そうなんだろうな、とゆっくりと考えをまとめていった。

だが、頓挫《とんざ》した。イラつかせて申し訳なかった、という考えが入り込んだからだった。そんな自分がいちばんわるい、と思いそうになった。

それはこども時分からのフージコさんの悩みだった。

何度も直そうとしたけれど、直らなかった。どうにものろまで、そして、どうしてもはっきりものが言えないのだった。

それでついニコニコしてしまう。どういう顔つきをしていいのか分からないから、困惑のニコニコだった。

それに、どんな表情をしても、相手をイライラさせるような気がする。フージコさんは、自分のことを、不機嫌さを顔に出してはいけないほうの者だと思っていた。ただでさえ、ひとをイライラさせるのに、仏頂面をしていたら、余計に苛立たせてしまう。喧嘩になってしまう。争うことが、フージコさんはなにより苦手である。

んー。

どうにものろまで、はっきりものが言えないから、背が伸びなかったのかな。そして太っちゃったのかな。

体形や顔立ちは、性質に似てくるのかもしれない。いや、反対かな。体形や顔立ちに似合うよう性質がかたまっていくのかも。

考えても切りがなく、考えても仕方のないことを考えるのはあまりいいことではない。大人になったフージコさんはそう思うことにした。それからは、「最大の悩み」にあまりふれないようにしていた。ふれそうになったら、ちょっと急いでほかのことを考える。でないと、泣きたくなる。

けれども、うっかりふれてしまう場合がある。ついさっきみたいにジメジメと詮無《せんな》いことを考えつづけることがある。背が低いのは隔世遺伝！　太っているのはごはんを食べるのが大好きだから！　いやなら痩せろ！　振り切るために、そう元気よく胸のうちで言ってみる。

後輩が、事務長とベテランを「あのふたりは、『うしお商事』が世界のすべてなんですよ。ビックリするほど視野狭窄なんですよ」と批判していたが、後輩自身にもそういう部分があるように思う。

後輩が、終業時間後の三十分の雑談をすっぽかしたのは、きょうが初めてだった。それまでは、ばかばかしい、と態度にあらわしながらも準じていた。後輩は、ゆくゆくは、うしお商事で確固とした地位を築きたいのだろう。そのためには、ばかばかしい約束ごともかたちだけは守らなくては、と考えているのではないか。なんか、そんな気がする。

性格もあるんだろう。後輩は、いったん「そういうもの」だと思ったら、変更がむつかしいひとのようだ。頭はいいのかもしれないが、かなり堅い。うん、堅い。帰り際に言っていた洗濯の一件だってそう。どうせ洗濯するのだから、制服のブラウスもカットソーもいっしょに洗えばいいと思う。帰宅途中でスタバに寄って読書するのが日課なら、私服に着替えたほうがいいと思う。

ベテランが「知ってる?」と切り出した、後輩のマスコミ志望のエピソードは何度も聞いたことがあった。しかも、「朝日とか読売とか片っ端から受けたらしいよ」から、事務長の言葉を挟み、「だね。長い目で見ないとね」まで、毎回、同じ流れだった。

ベテランも事務長も繰り返し後輩の恰好わるい過去を口にして、自分たちを、んー、自分たちを、えっと……なぐさめて、いや、なだめている。ふたりにしてみれば、後輩は黒船みたいなものかもしれない、とフージコさんは思いつき、なかなかよい見立てだと自画自賛した。だれにも言えないけど。言える相手もいないけど。

フージコさんには親しくしている友人がいなかった。もともと少ないところに持ってきて、皆、一家の主婦となった。毎日、忙しくしているらしい。たまに電話で話をすることはある。たいてい、向こうからかかってくる。

彼女たちは夫の愚痴やこどもの愚痴をしあわせそうにこぼす。フージコさんは何度聞いても友人の夫の名前が覚えられない。こどもの名前はかすかに覚えているが、年齢は不明だ。だから、聞くたび、とても驚く。「えー、もう中学生?」と小粒の目を丸くする。

自分自身を振り返ると、中学生のころなんて、ついこのあいだだったような気がする。

自分の「ついこのあいだ」に、友人のこどもが到達した事実は衝撃的である。「ついこのあいだ」だった中学時代が、遠い過去に飛び退《すさ》る。流れ星みたいにビューンと去り、見えなくなりそうになる。好きだった男の子のツンツンした髪の毛も、出せずじまいだったラブレターも、みんな。

バスに揺られながら、とりとめのないことを考えた。

何度も、はー、と息を吐き出し、肩を揉んだ。

あやうく降りるべきバス停を通過するところだった。あぶなかった、と少しドキドキしながら、フージコさんは小走りでアパートへと急ぐ。

八畳の1K。兄が結婚し、実家に同居したのをしおに家を出た。十二、三年前だった。

義姉はベテランや後輩同様、姉御肌のひとで、最初のうちはフージコさんを少々持て余していた。義姉妹ゆえ遠慮していたのだが、だんだん慣れて、最近では「なんだろう、蕗滋《ふじ》子《こ》ちゃんを見てるとイライラするー」と冗談っぽく言うようになった。フージコさんはそんな義姉が大好きだった。

同じ姉御肌でも、母には叱られてばかりいた。「どうして、ひとと同じようにできないのッ」とことあるごとに怒鳴られた。「どうして、そんなにのろまなのッ」「どうして、いつも笑ってるのッ」などなど、質問形式で詰《なじ》られた。

「はっきり言ってみなさいッ」とぶたれたこともあったが、なにも言えなかった。「どうして」の答えが、フージコさんには分からなかった。今でもよく分からない。だが、母はフージコさんを強情と決めつけた。素直じゃないと。なぜなら、何十回も叱っているのに、直らない。直そうとしないから、直らないのだ、というのが母の言い分だった。

父は助けてくれなかった。父もまた、フージコさんを歯がゆく思っていたらしい。テレビを観たり、新聞を読んだりしながら、娘に詰問する妻に視線を投げ、「もっとやれ」という顔をした。「そのへんにしとけ」という顔をすることもあった。父も母と同じく、フージコさんを、「強情なやつ」と決めつけているようだった。兄はたまに「おまえなー」とため息をつき、「もっとうまくやれば？」と軽く肩を叩いた。

そんな母も、そして父も、義姉の影響を受け、フージコさんののろまを明るく笑い飛ばすようになった。おかげでフージコさんは少し楽になった。だが、実家に帰ると、かならず親から「今の職場を辞めてはいけない。なんとしても定年まで置いてもらえるよう我慢しなさい」とお説教をされる。べつにフージコさんが職場の不満をもらしたわけでもないのに。それを聞くのがつらいので、フージコさんはお正月くらいしか実家に帰らない。

小走りでアパートに向かいながら、フージコさんは考えている。

帰ったら、まず、お風呂に入るんだ。四角い箱に集めておいた袋入りの各種入浴剤を、目をつむって、ひとつ選び、それをドボンとバスタブに入れるんだ。

キュッキュッキュッと化粧を落として、シャカシャカシャカッとシャンプーして、ゴシゴシゴシとからだを洗って、バスタブにつかる。徳用のシートマスクを一枚、顔にはりつけて、百、数える。

あ。シートマスク、もうないかもしれない。すぐに、なあに、もしもなかったら、コロコロの出番だ、とうなずく。頬のたるみを改善するというコロコロローラーは百円ショップで買った。百円ショップのある時代に生まれてよかった。そんな大げさな感慨が胸に浮かび、少し笑う。足取りがもっと軽くなる。お風呂から上がったら、ねぎ入り卵焼きをつくって、きのうつくって冷蔵庫に入れておいたお味噌汁をあたためて、と晩ごはんの計画を立てはじめる。ほうれん草のおひたしと、ごはんを解凍。納豆もあるし、これで充分、と思ったら、うれしさが加速した。晩ごはんを食べながら、テレビを観る寸法なのである。お待ちかねの、なでしこだ。今夜はなでしこの試合があるのだった。言わずと知れた日本女子サッカーの日本代表チーム。フージコさんはなでしこのファンだった。といっても、試合を観に行ったこともなければ、青いレプリカユニフォームも持っていない。タオルなどのグッズだってひとつも持っていない。でも、テレビで放映される試合は絶対、観ることにしている。そう決めたのは、なでしこのワールドカップ優勝がきっかけなのだから、ニワカもニワカ。昔っからのファンには、ミーハーと鼻で笑われるだろう。サッカーのルールや歴史にも無知なので、ばかにされるのを通り越し、「困ったもんだ」と呆《あき》れられそうだ。しかし、フージコさんはなでしこのファンなのだった。なでしこの試合を観ると、気分がせいせいする。かつての部活仲間を思い出すような感覚になる。ともに笑い、ともに泣いて、汗をかいた、ほんとうの友だち、ってやつ。フージコさんに部活動の経験はなかった。だから、イメージがフワッとしている。その上、類型的だ。ちょっと恥ずかしい。だけれども、なでしこを観ていると、真実、かけがえのない仲間だったような気がしてくる。仲間ががんばっている、と思う。たまにゴール前でアワアワしたり、いいところで敵にスルッとボールを取られたり、ダーッと走っていって転んだりと恰好わるいときもあるけれど、でも、それは必死だからこそ。無我夢中だからこそ。文字どおり手に汗を握ったり、ゴクリと唾をのみ込んだりして、がんばれ、がんばれ、と現にあんなにがんばっているなでしこたちに、なんとかのひとつ覚えみたいに小声で声援を送っていると、ようし、わたしも、と思えてくる。きょうがどんな一日だったとしても、明日もきっと、きょうのような一日になると分かっていても、なでしこを観ると、きもちが入れ替わるような感じがする。新しい自分になれそうな気がしてくる。胸が、いっぱいになる。

今夜の相手は格下だけど、油断は禁物。フージコさんはきもちをぐっと引き締めて、アパートの鍵を開けた。

JASRAC 出 1500194－501

本書は「GINGER L.」09号（2012 WINTER）～15号（2014 SUMMER）に連載された作品に、加筆・修正したものです。

〈著者紹介〉
朝倉かすみ　1960年北海道生まれ。2003年「コマドリさんのこと」で第37回北海道新聞文学賞、04年「肝、焼ける」で第72回小説現代新人賞を受賞、同作収録の『肝、焼ける』で05年単行本デビュー。09年『田村はまだか』で第30回吉川英治文学新人賞を受賞。著書に、『ほかに誰がいる』『静かにしなさい、でないと』『夏目家順路』『とうへんぼくで、ばかったれ』『幸福な日々があります』『少しだけ、おともだち』『てらさふ』『遊佐家の四週間』『地図とスイッチ』などがある。

わたしたちはその赤ん坊を
応援することにした
2015年2月10日　第1刷発行

著　者　朝倉かすみ
発行者　見城 徹

発行所　株式会社 幻冬舎
〒151-0051 東京都渋谷区千駄ヶ谷4-9-7

電話：03(5411)6211(編集)
03(5411)6222(営業)
振替：00120-8-767643
印刷・製本所：株式会社 光邦

検印廃止

ISBN978-4-344-02726-8 C0093
幻冬舎ホームページアドレス　http://www.gentosha.co.jp/

この本に関するご意見・ご感想をメールでお寄せいただく場合は、
comment@gentosha.co.jpまで。